吴云珠 著

小岛日记

东瀛700天

上海大学出版社

图书在版编目（CIP）数据

小岛日记：东瀛700天 / 吴云珠著. —上海：
上海大学出版社，2018.4（2019.5 重印）
ISBN 978-7-5671-3078-4

Ⅰ.①小… Ⅱ.①吴… Ⅲ.①日记—作品集—中国—当代
Ⅳ.①I 267.5

中国版本图书馆 CIP 数据核字（2018）第 036693 号

全案策划
上海北拓文化传媒有限公司

责任编辑　石伟丽
助理编辑　刘　阳
封面设计　陈　酌
技术编辑　金　鑫　钱宇坤

小岛日记
—— 东瀛 700 天

吴云珠　著

上海大学出版社出版
（上海市上大路 99 号　邮政编码 200444）
（http://www.shupress.cn　发行热线 021-66135112）
出版人　戴骏豪

上海商务联西印刷有限公司印刷　各地新华书店经销
开本 850mm×1168mm　1/32　印张 9.5　字数 222 千
2018 年 4 月第 1 版　2019 年 5 月第 2 次印刷
ISBN 978-7-5671-3078-4/I·490　定价　48.00 元

序

　　吴云珠老师是上海外国语大学的退休日语教师。任教期间，作为活跃在我国高校第一线的一名教育工作者，她爱岗敬业，待人真诚热心，性格开朗直率，成了学生的良师益友，受到广大师生的好评和称赞，同时在教学和科研方面也取得了骄人的成绩。

　　任教期间，吴老师多次被派往日本教学，其中2007年4月至2009年3月被派往日本长崎县壹岐岛上教授中文。那是一座位于对马群岛和九州岛之间烟波浩渺的大海之中的美丽小岛，我也曾造访过两次。其中一次正值吴老师任职期间，目睹了她在岛上的工作、生活。

　　除了教学外，吴老师还积极参与社会活动及中日文化交流活动，她把自己当作中日两国间一名民间交流的使者，到多个学校、团体做讲座，介绍中国的璀璨文化，受到了长崎县教育委员会的高度评价。在频繁的跨文化交流的活动中，吴老师也真实地体验到两国文化的异同，有了重新审视本国文化及所思所想的感悟。在小岛的两年中，她既当教师又当使者，脚踏实地兢兢业业地工作，真可谓：东海两岸传高谊，中日师生敬重她。

本书并非一般的游记,而是吴云珠老师小岛生活的真实记录。她以高校老师的敏锐、学者的严谨阅人阅书,于细微处观察日本的社会与人情,从生活娱乐、待人接物至工作讲学,参与了日本人的日常生活。日本学生在听完吴老师的讲座后说:"以前我觉得中国很遥远,现在感觉中国离我们变近了。"吴老师在日期间细小方面的点点滴滴,为我们展现了一个真实的日本。她的独特的感受和体会,对中日两国的读者,都是有价值和意义的。

今年正值《中日友好和平条约》签订40周年,也是我国改革开放的40周年,我国正处于进一步开放的新时期。在全球一体化的今天,我们有必要更深入地了解我们的邻国日本。这本书就像浩瀚大海里的一掬浪花、一串珠玑,为我们了解日本的社会文化打开了一扇窗户。

谭晶华

2018年3月

前　　言

　　学校派我去日本的一座小岛教学——长崎县的壹岐岛。

　　去小岛前，曾遐想过《鲁滨孙漂流记》中的画面，但马上又浮现出曾是亚洲四小龙之一的现代化场景，我要去的是岛国日本。那是个怎样的地方？将会带给我这个外国人怎样的生活感受呢？

　　离开小岛时，我站在甲板上，手握一大把彩带，彩带的那一头是那一张张熟悉的笑脸，船离岸了，彩带断了，可系在我心中的彩带竟连至今日。小岛那自然和人情搭建起的生活环境，两年间那些不起眼的小事，这林林总总所带给我的感动还时不时徘徊于心间。

　　以往去日本任教都在大学里，即使是客座教授，也有自己的研究室，和外界进行交流的机会有限。这次学校派我去一所高中任教，时间是两年：2007年4月1日至2009年3月31日。这两年，我是和日本的同仁在同一个大办公室里，每天朝八晚五一起度过的。这不是大学教师那种较为自由宽松的生活，更不是走马观花的旅游，而是在学校的大办公室、教室、礼堂、操场上慢慢地感受这个国家的文化。呼吸着小岛的气息，细细品味着细微处的很多相同和不同，我不时会尝到全新的滋味。

　　从繁华的大上海出发，一下子像进入了世外桃源，这里没有了大都市的喧嚣和急速的步履，甚至有时候安静得我都不敢大声喘气，生怕惊扰了原有的主人。

　　按部就班、怡然自得的小岛生活，不需努力，心境便会自然安静下来。在寂静中，我记录了这朴实而真实的生活和不同的感受。文化的不同会让人重新审视自己的思维和行为。我想人类就是在这样的跨文化交流中不断地发展、完善自己的吧。

　　回国后我把这些日记整理了一下，虽文笔不佳却是原汁原味的，假如您看完后觉得对了解日本社会文化有所帮助或启迪，那将是我的荣幸！

　　上海外国语大学的施行老师对本书提出了宝贵的建议并进行了润色；本书亦得到了为全书进行精心策划和设计的袁洪国先生以及上海北拓文化传媒有限公司薄夫爱总经理的鼎力相助，谨此一并致谢。

吴云珠

2017年9月1日

目　录

1. 港口欢迎仪式 1
2. 购物节 3
3. 新人教育 5
4. 去长崎领聘任书 7
5. 新人欢迎宴会 9
6. 去市政府部门打招呼 11
7. 榻榻米上的小木床 13
8. 开学典礼 15
9. 欢迎"离岛留学生" 17
10. 日本人的年龄是公开的 19
11. 频繁地调动工作 21
12. 日本的寒暄语 23
13. 回归自然 25
14. 严格的垃圾处理 27
15. 学校的主人 29
16. 中国驻长崎总领事来访 31
17. 以物易物 33
18. 新生的"宿泊研修" 35
19. 温馨的硬币 37
20. 市民文化中心 39
21. 新生远足 41

22. 朋友素子来岛 43
23. 可爱的壹岐老太太 45
24. 船码头遇信徒 47
25. 享受人多的喧闹 49
26. 机场附近的流浪汉小屋 51
27. 鲤鱼节 53
28. 扑朔迷离的"眉检" 55
29. 中文班学生 57
30. 晚上的年级会 59
31. 大众娱乐"柏青哥" 61
32. 春天集市 63
33. 盒式点心 65
34. 昂贵的大学生 67
35. "土足严禁" 69
36. NHK也属收费电视 71
37. 老家的父母 73
38. 享受自然带来的乐趣 75
39. 忍受自然带来的煎熬 77
40. 有点神经质了 79
41. 学生的邮件 81
42. 在日本问路 83
43. 被信任的感觉 85
44. "藤川流"的弟子 87
45. 街道图书馆 89
46. 值钱的脑袋 91
47. 学生的课外活动 93

48. 工资袋中的"别袋" ... 95

49. 壹岐市长 ... 97

50. 小岛的摆渡船 ... 99

51. 黑暗的一天 ... 101

52. 日本的"七夕" ... 103

53. 日本"残留孤儿"的子孙 ... 105

54. 三浦家的姑娘 ... 107

55. 日本的早市 ... 109

56. "幽默"的教务长 ... 111

57. 小岛的无线广播 ... 113

58. 像樱花一样离去 ... 115

59. 日本人的礼仪 ... 117

60. 理性家长 ... 119

61. 光化学污染风波 ... 121

62. 校长家做客 ... 123

63. 机场的结团式 ... 125

64. 盂兰盆节 ... 127

65. 教职工大会 ... 129

66. 体育祭 ... 131

67. 月饼宴 ... 133

68. 新古屋 ... 135

69. "国际理解"讲座 ... 137

70. 出乎意料的答案 ... 139

71. 街道大扫除 ... 141

72. 校长夫妇来做客 ... 143

73. 市民中文讲座 ... 145

74. 难忘的就医经历 147

75. "马大哈"药房 149

76. 专业的图书工作 151

77. 文化节 153

78. 全校接力长跑 155

79. 面向学生的音乐会 157

80. 中文讲座的结业仪式 159

81. 厕所节 161

82. "七五三"节 163

83. 日本的搞笑节目 165

84. 充满爱心的电视节目 167

85. "敬业"的插花老师 169

86. 壹岐"神乐" 171

87. 成人节 173

88. 壹岐的喜报 175

89. 北大师生来访 177

90. 异乡的思乡情 179

91. 他山之石 181

92. 不合理的学期安排 183

93. 除厄年宴会 185

94. 令日本男人无法忍受的事 187

95. 温泉天堂——别府市 189

96. 流行的岩磐浴 191

97. 体验被"活埋"的感觉 193

98. 人情难却的情人节 195

99. 安装火灾报警器 197

100. 日本舞蹈发表会 199
101. 学生的谢师宴 201
102. 庄重的毕业典礼 203
103. 女儿节 205
104. 结业典礼在樱花季节 207
105. 关东之旅 209
106. 新校长的到来 211
107. 因欠学费而退学 213
108. 小岛上的中国媳妇 215
109. 小岛相亲会 217
110. 新校长夫人 219
111. 日本人结婚不买房 221
112. 自立的日本人 223
113. 校门口的募捐箱 225
114. 上海学生来访 227
115. 日本人的防灾意识 229
116. 心理辅导教师 231
117. 在日本包粽子 233
118. 大阪老朋友来岛 235
119. 日本的敬老节 237
120. 日本人的四大"怕" 239
121. 棒球教练王贞治卸任 241
122. 校庆——与校友的辩论赛 243
123. 日本人的集体主义 245
124. 再遇老校长夫妇 247
125. 大自然的威力 249

- 126. 日本的葬礼..................251
- 127. 百人一首....................253
- 128. 全校戴口罩..................255
- 129. 择偶标准变"低"了............257
- 130. 在日本过春节................259
- 131. 照片上了《读卖新闻》..........261
- 132. 咳嗽也是病..................263
- 133. 在小医院看病................265
- 134. 意外的发现..................267
- 135. 三好老师要结婚了............269
- 136. 铜版画讲座..................271
- 137. 喜欢喝酒的日本人............273
- 138. 去中学做讲座................275
- 139. 头疼的不登校学生............277
- 140. 扶轮社做讲座................279
- 141. 日本的"万引"................281
- 142. 办公室的笑声................283
- 143. 乘飞机去领感谢状............285
- 144. 毕业相册....................287
- 145. 结业式上的告别辞............289
- 146. 再见了，壹岐................291

 3月31日

1. 港口欢迎仪式

派往日本教学，这是我们学院的交流项目，大家轮着，三四年得去一次。这次我去的是一个叫"壹岐"的小岛，所以下了飞机还得坐两小时的船或一小时的快艇。全岛有1个飞往长崎的小机场和3个船码头。在总人口只有3万人的小岛上，一所有700名学生的公立高中就是全岛最大的学府了。听说学校交响乐队会在码头上欢迎我，我心里充满了感激、期待，还有点激动。

飞机到达福冈时还是多云天气，和接我的滨砂老师一起来到福冈船码头，但就在我们候船时分，天气逐渐变暗，登船时淅淅沥沥地下起了小雨。刚起航不久，天黑压压的像倒扣的巨盆，就要塌下来，紧接着是狂风暴雨，一叶孤舟在波涛汹涌的大海上显得如此渺小，大自然尽情地发威，以致原先预定停靠在学校附近"乡之浦"码头的快艇，不得不改停离学校有20分钟车程的"芦边"码头。壹岐真厉害，我还没到呢，就给我来了个下马威！

这种突变的天气，欢迎队伍马上要赶码头已实属不易，还要搬运这么多乐器确也不可能，只能丢盔弃甲，转战"芦边"码头。就在快艇慢慢地靠岸时，我还看到学生从停车场奔往码头的情景,也就在那时,风雨皆停,天空豁然开朗,夕阳闪耀着缕缕金光,照射在挂满水珠的花花草草上。经过大雨的洗礼,码头呈现出一派清新气象。我真不知是要感谢老天,还是埋怨老天,好在有惊无险。

接下来是难忘的码头候船室里的欢迎仪式。主持人宣布开始,校长致了欢迎辞,代表发言,乐队改为播放音乐,全体师生唱校歌,嘹亮的歌声响彻了整个候船大厅。他们赶来为我唱歌,而且还唱了完整的四段,使我感慨万千。

最后让我讲话,好在有前任毛老师的经验,我早做好了心理准备,说了几句感谢和努力工作的客套话,接着他们就送我回住所。就这样开始了我的小岛生活。

 4月2日

2. 购物节

以往每次被派往日本任教的地方都是大学，一般大学都设有国际交流科，日常生活会安排得很妥帖。而我这次来的是高中，虽然已具备了彩电、冰箱、洗衣机等生活必需的家电，这里接待交流老师也有了两年的经验，可前两年来的都是年轻男士，好像对生活要求一点也不高，本以为我对生活也不讲究，但和前两位相比，还是属于生活型的。

首先要有生活用品。厨房有个电饭煲，据说是毛老师留下来的，还有几个碗，简直可称文物，碗底清楚地标着"中国制造"。但现在上海家庭也没有人还在用这种大碗呀，怎么还会不远千里来到日本呢？还有几个不锈钢碗，也不敢恭维，第一天花了九牛二虎之力洗了一遍。一想到自己要在这里度过两年的日子，说什么也要买套新的，不然太影响食欲了，决定第二天"大开买戒"，善待自己。

滨砂老师开车带我去了百元商店和小岛最大的超市，从厨房的锅碗瓢勺，到卧室的闹钟、茶具，从浴室的脸盆、座椅，到厕所的坐垫、刷子、芳香剂乃至阳台的衣架、夹子，连抹布、笤帚、簸箕都得买，当然也得买油盐酱醋米。真是过日子少了什么也不行。接着，我又买了电吹风、电熨斗、电水

壶,又添了棉被、毛巾被、枕头、被套等。以至于有人问滨砂老师这两天在干什么时,她竟说"购物节"。

啊?可以称上"节"了?可见世上的女人都一样,购物有一种过节的感觉,当然,主角的我更像过节一样,一直处于购物的兴奋之中。只是破家值万贯呀,日本物价本来就高,哪经得起我撑一个家呀。这下可苦了我的钱包,从国内带来的钱很快被消耗殆尽,看钱包惊出汗,以致发生了得计划买菜钱才能撑到发工资的经济危机。

 4月3日

3. 新人教育

在日本，新进一个单位都要接受新人教育，就像我们的学生要进行入学教育一样。一般大一点的公司、企业要进行为期一个月的新人教育，新人要到各个部门、各个车间去体验，在你熟悉各个部门的同时，领导也在熟悉你，一个月后才被分到一个头头儿觉得比较适合你的部门正式开始新的工作。日本人总在事前做足功课，这为期一个月的实习可能对今后各部门之间的协调起很大的作用。

学校也有新人教育，但不像大公司有一个月，这里只有两天，而且其中一天为熟悉环境的环岛旅游，接受教育也就剩一天了。当然我也不例外，和其他新到的17人一起在学校接受了为期一天的新人教育。

我本没把它当回事，觉得那是学生该接受的教育，踩着时间去的，第18个到。但我看到先到的教师们却个个神情严肃，笔挺地坐在那里。会议室早摆好了桌椅，规定好座位，每人的座位上还有新人教育的日程安排及学校介绍的资料和一支笔。

新人分坐两排，主持人介绍了在座的每个人，由对面坐着的3位老师分别介绍了学校的基本情况。壹岐高中有700名学生、3幢教学楼、4个体育馆、1个体育场。然后，分管学生

毕业的老师,又介绍了学生的情况、毕业生的去向等。最后是参观了一圈学校,让新人们对学校有了一个基本的了解。

全校有55名正式教师和5名实习教师,按规模也不算小,而且这里经济独立、五脏俱全。学校的行政人员包括事务长、会计、出纳、行政、修理工等总共只有6名。没有庞大的管理人员队伍,很多教务工作都是由老师兼任的。

学校在3年前重新翻修过,日常保养也很好,所以像新修建的学校。没想到在这里,除了图书馆,我最中意的是学生实习用厨房和二楼的厕所。厨房宽敞明亮、一尘不染,橱柜里的餐具摆放得整整齐齐,堪比西餐厅。厕所整体由粉红色和白色的瓷砖组成,非常整洁漂亮,能在这里上厕所也是一种享受。

哦,吾乃凡夫俗子也。

 4月6日

4. 去长崎领聘任书

校长告诉我，要和我一起到县高中教育委员会去领聘任书（日本的县相当于中国的省），还要到长崎县教育厅去打招呼。校长给我一张日程安排表，上面清楚记载着时间、地点、事项及出席人员名单。

早上8点，校长开车和我一起去机场。虽被称为机场，实际就是一栋小平房。这也许是世界上最简易的机场了，买票、安检、上飞机都像是家庭式的，工作人员也像家庭成员，笑眯眯的，细声慢语的，那么安静、有条不紊。乘客大都没有行李，拎一个小包，自己走向飞机，上了只有30来座的小飞机，连起飞、降落也就是20分钟的行程。9点10分，我已到了熟悉又陌生的长崎机场，印象中那么小巧玲珑的长崎机场，一下子觉得是那么雄伟庞大。

熟门熟路地乘坐机场专线车，准时来到了县高中教育委员会大楼的门口。进了大办公室，先由校长领我和几位科长级的人见面。我手里提了一盒上海带来的礼物，我不想总拿着，挑了一位年纪较长者，恭恭敬敬地送给了他，中国文化尊敬长者嘛。可是后来麻烦了，见到教育长我没有礼物送了。

一会儿，县教育厅高中教育科的和田主任更详细地交待了接受聘任书的注意事项，并出示了清楚的示意图，坐哪个座位、站在什么地方接受聘书，讲几分钟话等都一一明示，起初不当回事的我好像开始紧张起来了，还好没有送礼物的程序，也许已知道我没有礼物送了。

照例是前呼后拥的一排记者，在闪光灯的频闪下，我接受了聘任书，讲了几句有自我风格的话，气氛一下就活跃了。然后，我来到楼下大办公室，又到县教育厅办公室打招呼。以前到大学去任教，没有那么烦琐，现在这样说明高中看重你呗。

第二天，照片出现在教育厅网站的头条，在中国的家人和在加拿大的朋友都看到了，看来现代人是绝不能做坏事的，一做坏事全世界都知道。

下午和校长去了久违的活水女子大学和新建的长崎美术馆。在长崎的"南京路浜町"喝了咖啡，傍晚又飞回了壹岐，感觉就像是一日游。

 4月6日

5. 新人欢迎宴会

　　到了日本，也许是大家都非常守时的原因，我总感觉一天可以做许多事情，比方今天校长和我去长崎做了那么多事情，晚上又可以从容地出现在宾馆的餐厅，出席为欢迎新来的教职员工举办的宴会。当然我也得参加欢迎我的宴会。

　　宴会厅门口有张小桌子，坐着位女职工在收钱，虽然是以学校名义举办的欢迎会，每位教师都得参加，但餐费还得自己掏腰包，校长也不例外。大家静静地依次排着队，先交5000日元的就餐费，然后抽一个号码，再根据所抽得的号码去寻找自己的座位。

　　新人是嘉宾，不用交费，每人胸前都戴朵绢做的红花，以便别人识别、与你交流。宴会厅是和式的榻榻米，两张大长条的桌子，一边是个小舞台，上面放了3排椅子。新人按照顺序排好队在外面等着，等到里面的主持人宣布宴会开始，我们就在全体的掌声中，依次进入。当然先由校长讲话，然后又依次对每个人做了简短的介绍，被介绍人一个一个站起来鞠躬，说一句"请多多关照"再坐下。

　　全体介绍结束后，新人下去，寻找写有自己名字的座位坐下，举起杯子干杯，品尝冰啤酒最可口的第一口。

酒过三巡，人们就开始蠢蠢欲动起来，有两个人的，也有三五一组的，而且是不断地变换着对象进行交流。这时，榻榻米的优越性被充分体现出来了，不管几个人，往地上一坐就行了，不像摆桌子的宴席，必须按人数摆椅子。

新人中也有主动和老教师打招呼的。我一直傻傻地没动窝，面前还真门庭若市，不断有老师、领导来敬酒聊天。一位老师和我聊到了绍兴酒，一会儿竟然真的去拿了一瓶绍兴酒和杯子来。嘿，在小岛上喝绍兴酒，彼此间距离一下子拉近了。原本西装革履、一本正经的老师们在酒精的作用下，同样显得异常兴奋，不知什么信号，大家都站了起来，围成一个大圈鼓掌、呐喊，欢迎宴会就在一位光着膀子、只穿一条小内裤的男教师声嘶力竭的表演、喊叫声中，宣布结束。

 4月7日

6. 去市政府部门打招呼

　　小岛真是个多礼节的地方，没想到一个普通教师的到任，需到各个部门去打招呼。昨天去了长崎县教育委员会、县高中教育委员会打招呼，今天，事务长又开着车要领我到壹岐市的各个部门打招呼。

　　首先。我们去了市政府大楼。先由市长秘书领我们到市长办公室旁的会客室。显然事先都联系好了，我们一到，市长就笑容满面地从办公室走了出来。我和市长交换了名片，礼节性地简短交谈了几句，然后我鞠躬往后退，觉得完成任务了。没想到，那才刚开始。接着，事务长带我至楼下的市政府办公大厅，工作人员都在忙着自己的事情，我去添什么乱呢？因为我的到来，大家都得放下手中的工作，站起来鼓掌，听事务长的介绍，听我说"请多多关照"，真不可思议。

　　然后，事务长又开车带我去了市教育委员会、市地方局、市税务局等。事务长是壹岐人，到哪里都非常熟，前两年调离壹岐到别的学校任职去了，今年才回来，也属于18位新人之一，确切地说，应该是新"老人"吧。

　　我们每到一个地方必先见大官，再到大办公室和部分小办公室打招呼。每到一处，事务长都会为我介绍，他们会全体起立鞠躬，虽然我只要报上名，说一句"今后请多多关照"就行了，但我真觉得影响他们的正常工作、耽误他们时间很不好意思，我和他们有什么关系呀。

一圈转下来让我感受到了岛民的热情和事务长的面子之大，处处都有熟人，都像是久别的亲人，不仅寒暄打招呼，还会拿两罐饮料、提两盒糕点来送给我们。我是大树底下好乘凉，虽感觉既不好意思，又觉得完全没有必要，但是，新奇感加上又吃又喝，很是开心。

看时间还早，事务长又带我去了壹岐的名胜地——猴岩和壹岐博物馆，让我了解壹岐的美景和引以为豪的悠久历史。当然事务长又向馆长介绍了我，打了招呼。我暗想，托事务长的福，不用多少日子，我也到处是熟人了。礼仪之邦的中国也没那么多礼仪，可热心的事务长乐此不疲，我还有何抱怨呢？他向大家介绍的人是我呀。

 4月8日

7. 榻榻米上的小木床

当"购物节"接近尾声,滨砂老师问我还需要买什么时,我开玩笑似的脱口而出:"床和饭桌。"

当然短期的外教生活,生活用品我不会全部添置周全,不过,我说的是实话,那正是我想要买的。

记得刚到的那一天,见屋里没有床,一个榻榻米房间,靠左边是一排壁橱,里面有被褥和枕头,靠右像是挂衣橱,上面可以挂衣服,下面是抽屉。榻榻米上有张日本人称作"こたつ"的小矮桌。当时我想:啊,今天开始我将要过榻榻米生活了。想想自己曾经下乡锻炼过,自信榻榻米生活算不了什么,绝对没有问题的。再说了"入乡随俗"嘛,自己本来在中国就是日语老师,再体验一下日本文化吧。

随着国际化的深入,文化交流越来越频繁,近年来,日本的大都市里也有不少西式房间的睡床和饭桌。但在日语里,日本人就把地板写为"床"字,晚上睡在榻榻米上面和坐在榻榻米上吃饭是天经地义的事,再正常不过的。

文化的不同,使得一方认为是很正常的事情,也许对方看起来就不那么正常了。对于一个过惯了睡在床上和在饭桌上吃饭这样生活的人来说,突然要改为榻榻米生活,也不是想象中如下乡锻炼那样容易的事情。

每天晚上要从壁橱里取出被褥铺好，早上又要叠起来放进去。特别是吃饭，爬起来又坐下好几次，也许是上了年纪的关系，生活得好辛苦啊。每当这时，我就深深地体会到"床和饭桌"生活的科学性和便利性。

幸亏岛上的人都很热情、纯朴，我的一句玩笑话，还真的实现了。据说校长得知了我的愿望后，命令办公室马上去购买。

今天，我就能舒服地坐在饭桌上吃饭，躺在我的小木床上睡觉了。

 4月9日

8. 开学典礼

今天是开学典礼,日本从幼儿园到大学都在这个季节开学。日本和中国的开学典礼,最大的区别在于,在中国这是学校的事情,而在日本却是全社会的事情。学校所在地区的各级领导和家长,都作为贵宾受到邀请,作为孩子成长的见证人;无论是学校的老师还是嘉宾,这一天都会像去参加婚礼一样穿上正装,会场显得严肃而庄重。学生坐在会场的中央,前场靠门口一边是教师,靠里面是来宾,后场两边都是家长。

主席台上没有座位,只有讲台、屏风,旁边的小台子上摆着一盆青松,并排挂着日本国旗和长崎县的县旗。

学生显然有从小受到的熏陶,加上昨天的训练,一切都显得那么井井有条。校吹奏部在体育馆的一角,从12点55分开始吹奏起悠扬的音乐,迎接全体人员的到来。

开学典礼在下午1点准时开始。全体起立、鞠躬、坐下,像经过训练的部队,整齐划一。由教务长宣布开始举行壹岐高中的开学典礼,然后是在校吹奏部的伴奏下全体起立唱国歌。接着校长登台,宣读入学许可,全体新生起立、鞠躬、坐下。

新生代表发言,全体新生起立、鞠躬。代表读完宣誓文,交给校长,全体再次鞠躬,等校长、代表回到了台下自己的座位，全体才听令坐下。

　　接下来，校长致辞，全体起立，校长上台，大家听令鞠躬、坐下。致辞完毕，全体再次起立、鞠躬。等校长下台回到自己座位上，全体听令坐下。然后是老生代表致欢迎辞，学生全体起立，等代表上台，鞠躬、坐下，致辞完毕，学生全体再次起立、鞠躬，等代表下台回到自己座位上，全体听令坐下。然后是新生代表致答谢辞，又是全体起立、鞠躬、坐下。

　　接下来又是全体起立，在吹奏部的伴奏下齐唱校歌，坐下。接着教务长宣布开学典礼结束，又是全体起立、鞠躬、坐下。随后校长、教务长、事务长登台，由校长介绍教务长和事务长，教务长介绍年级主任和各班正副班主任。

　　吹奏部又奏响了音乐，新生在各班主任的带领下，一排一排鞠躬，成一路纵队在全体的掌声中退场回教室，然后是来宾退场。开学典礼于下午1点35分结束，前后只有半个多小时，而全体起立、鞠躬、坐下这一套动作，重复了10遍，是那么肃静、整齐。庄重而神圣的气氛自始至终弥漫在整个会场。这就是日本的开学典礼。

 4月10日

9. 欢迎"离岛留学生"

按照中国人的讲法，日本是个岛国，由4个大岛和6 800多个小岛组成。可是在日本人的概念里，4个大岛就是本土了，其余的才是岛，称为离岛，壹岐是排名第20位的离岛。

从本土到岛上来上学的学生称为"离岛留学生"。现在的日本社会和中国一样，年轻人都往大城市跑，离岛人口越来越少。离岛的学校为了吸引更多学生，开设了各种有特色的课程，比如壹岐高中就开设了历史文化和中文专业，向全国招收学员。

今年来壹岐高中的离岛留学生有4名，3名来自长崎县别的市，1名来自大阪市。按日本人的习惯，父母是要出席孩子的开学典礼的，所以他们的父母也来了，刚参加了学校的开学典礼，接着还要参加市里为他们举行的欢迎会。

我和教务长坐上了事务长的小汽车，来到了文化中心的二楼会议室。会场上挂着大幅的欢迎横幅，桌上摆着鲜花，已经来了很多相关人员和大小记者。我没想到的是，还来了好几位我认识的人，其中包括市长大人。

主持人宣布开会，照例是讲话、致欢迎辞、地方代表发言、学生代表发言、献花、赠送纪念品，最后是合影留念。有

学生单独的也有全体的。反正整个过程一直处于闪光灯下，在一种很庄重、温馨的气氛中结束了欢迎会。

其实欢迎会也没有什么特别的，倒是他们对教育的重视令我感动，外乡来的4名高中生，市长会亲自出来欢迎，当然更不用说议员、教育委员会委员长和校长了。这时我也有点领悟了事务长领着我到处打招呼的缘由。

我心里又在做文化比较了：在中国，一所高中来4名外乡学生，会有欢迎会吗？有的话是什么级别呢？

第二天起《壹岐日报》《长崎日报》《西日本新闻》等相继报道了这条消息，并刊载了4人手捧鲜花的照片。

4月10日

10. 日本人的年龄是公开的

记得小时候学知识、讲礼仪时，老师总是这样告诉我们，对外国人说话不能涉及隐私，特别对女士，不能问对方的年龄，那是非常不礼貌的。我一直把这些当作绝对真理牢记心间。

确实，中国人之间是很容易成为朋友的，哪怕是初次见面的人，或火车上刚认识的，话谈得投机的话，不用一小时会像从小一起玩大的发小一样，从兴趣爱好到工作家庭全了解了，甚至可以把新朋友带到家里。

以前到日本，我只接受过学生的非正式采访。可到了小岛却不一样了，接受了好几家报社记者的采访，每次采访都像调查户口一样被询问：首先就是问年龄，不仅是几岁，连哪年哪月哪天都要问到，就差没问哪个时辰了；还会问你家人干什么的？有孩子吗？男孩还是女孩？今年多大了？在做什么？当然我如实回答，但有点像犯人被审讯的感觉，很不舒服，决定想个办法。

当第二次有人采访，问我年龄时，我笑着说："写在脸上呢。"想蒙混过关，可对方不依不饶，一定要得到确切的数字方才罢休。后来我知道了，因为他们在发表报道时，名字旁还有一个括弧，里面的数字就是年龄。

　　不仅是日本报纸，就连电视节目上有演员出来，无论男女，名字旁都有括弧，清楚地标明年龄——日本人的年龄是公开的。看来，我小时候学的礼仪不全对，至少不能问年龄的外国人中不包括日本人。

　　在中国，公开的正式场合是不会公布对方隐私的，至少在我的记忆中没有。当然一个老百姓需要对这方面注意的机会不多，也不太有上报纸的机会吧。一个平民百姓的年龄也没什么好保密的，而且想保密也保不了。

4月11日

11. 频繁地调动工作

记得在欢迎会上，很多老师在作自我介绍的时候都加上一句："我来自……"

日本人频繁地调动工作，早有耳闻，但没想到会涉及那么多人。大公司工作的人，各地有分公司，过几年就要轮着去。

大学的正式教师一般是不调动的，因为有专业的问题。而大学的行政人员，每4年要在校内换一次岗。但合同制教师无论是否胜任，只签4年合同，学校到时再请新的老师。我有一个同学在日本大学做"非常勤"（签约）教师，教中文。虽然她课上得不错，但还是得每4年找一次工作，搬一次家。

日本的公立高中老师属于县公务员。日本本来就是一个岛国，长崎县也有很多岛，所以县教育委员会规定，每位教师一生的教学生涯中，必须有6年在岛上的学校度过，包括校长、教务长在内，可以是一次性的6年，也可以分成两个3年。一般人就选择年轻时先上小岛教3年，所以我们学校的单身年轻人居多。

频繁地换岗，有利有弊，对教学应该说是利大于弊。日本重视教学，基本上没有城乡差别，一个再小的岛，只要有学生，各种条件都具备，再加上教师的轮换制，教学方法的同一性，增强了学生的知识面，也提高了学生以后的社会适应性。

但另一方面，对教师本身来说，应该说是弊大于利。因为年轻时的3年时光，正是恋爱时期，在一个小岛上较难找到恋人，而且他们多数也不想在小岛上找。过了3年再到一个新地方重新开始，特别是女孩已经失去了如花似玉的最佳时期，被称为"圣诞蛋糕"了。如果先结婚后上小岛，那就会给家庭带来很多麻烦，家属要一起来的话，得放弃原有的工作，得搬家。家属如有理想的工作，并不想辞职或已经买了房子，那只能过寂寞的分居生活了。有孩子的话，需要转学，孩子和要好的小朋友分开，要适应新的环境，这也会给孩子造成心理上的障碍。

但不管有什么结果，调动工作在日本是普遍而又理所当然的事情。我也来凑了凑这个热闹。

 4月14日

12. 日本的寒暄语

日本人见面都会相互问好，一个楼里的人更不用说了，除了说"你好"外，还会说诸如"今天天气真好啊，风好大呀"之类的寒暄语。日本人的寒暄语中使用频率最高的就是"对不起"，其实很多场合并不是抱歉的意思，只是打声招呼。在家里一睁眼就要相互问候，出门、回家也要打招呼，以寒暄语来联络彼此的感情。打招呼是鉴别一个人的基本标准之一。

在单位里进办公室说声"早上好"会得到全体的回应。下班时也要说一声"我先走了"，大家会对你说"您辛苦了"。学校里的学生更不用说，见到老师都要说问候语，特别是下班的时候，学生还在进行课外活动，校园里、运动场上都是学生，他们见到老师会暂停训练，老远喊着向你问好、对你鞠躬。刚到时，冷不防地一声大吼吓我一跳，后来也就慢慢地习惯了。

还有的学生，也不知是从哪里学来的，看见我就笑着大声用中文和我打招呼，不说"你好"，却说"谢谢"，我也只能笑着回礼"谢谢"。真得感谢他们给我带来了好心情。

今天上班的路上，我见有个像是幼儿园的孩子竟然背个大书包，已经上小学了，很可爱。我从后面赶上去，对他说了一声：

东瀛 700 天

"こんにちは(你好)!"

小男孩抬头看了我一眼,然后对我说"**おはようございます**(早上好)!"

哦,对了,现在是早上呀,我怎么说"你好"了呢?怪不得小男孩用奇怪的眼神看了我一眼,纠正我了呢。没想到一个堂堂外国语大学日语系的教师,还要一个小男孩来纠正寒暄语。胡思乱想中,我情不自禁地一个人呵呵笑了起来。小男孩又抬头看了我一眼,他心里一定在想今天碰上了一个奇怪的"欧巴桑"。

在大城市,大家倒不会互相打招呼,但在有可能的情况下,或是乘电梯,或是同时做一件事,日本人会尽可能地相互问好。

在我们小岛上,可能是人少的原因吧,路上碰到人都会对你鞠躬问好。就是汽车开过,你也会看到车里面的人在向你身体前倾,对你点头,我也只能一路弯腰回家了。和谐社会,也许就是在这寒暄语中诞生的吧。

 4月15日

13. 回归自然

如果你是一个崇尚自然的人，厌倦了城市的喧嚣与忙碌，想要放松一下的话，那就来我们小岛吧。小岛寂静得恍若世外桃源，我每天都是听着自己的脚步声走回家的。我住在三楼，却时而产生错觉，感觉有人在我阳台上低声私语，又渐渐远去——那是有人经过我家门口。

房前的小树林使你感受到久违的、已然陌生的清新与神秘，散发着青草、嫩树芽与泥土的芳香。我曾奢侈地说小岛不需要闹钟，推窗而及的小树林里，每天清晨，黄莺会准时用歌声把小岛上的人从睡梦中唤醒。

远处的大海让你心旷神怡，海边公园中的绿草地和红白相间的小路，为蓝色的大海增添了无尽的妩媚。靠在公园的长椅上，享受从叶间洒落的阳光，眺望远处星星点点的渔船，遐思渔民的妻子盼望玩浪者归来的期待。

偶尔传来一声汽笛的鸣叫，告诉我又有人来岛做客或将要远行，使我联想到《枫桥夜泊》。沿海一排椰子树像婀娜多姿的迎宾小姐，在海风中担负着小岛迎来送往的接待角色。

周日的午后，闲来无事的我信步来到了小岛咖啡馆。小岛咖啡馆是一栋极其普通的欧式建筑，临街一排怀旧风格的窗

户，似曾相识的古棕色的老家具，让我陡生回上海母亲家的感觉。这里无须摆出日本人常有的礼节性的姿态，可以随意地靠在椅背上，不经意地看一眼偶尔路过的行人，品尝着香浓的咖啡，欣赏一下眼前的杯碟，仿佛这一切都是那么熟悉。

旁桌的两位年轻人谈兴正浓，幸福书写于眉宇之间。这里让人们抛开多余的戒备，舒展心灵的双臂，开始轻松愉快地互诉心语。城里的恋人们可以在这里过滤已带有太多"房子、票子"等杂质的情感，回复纯洁的情结，重新回归自然的心灵。

小岛把古今中外人与自然的和谐，构思出一幅美丽、融洽的风景画。我被这种氛围所感动。不善于舞文弄墨的我，竟然也想写点什么，我想记住这感动，留下这难忘的画面。

 4月16日

14. 严格的垃圾处理

日本的干净与美丽，是举世闻名的。日本的垃圾房没有一点异味，可对扔垃圾的人来说是件很麻烦的事情。特别是我们小岛，扔垃圾的要求远高于日本的其他地方，近似苛刻程度。鱼洗干净了，还得把废弃的鱼肠子也冲洗一下，然后装塑料袋里系紧，再扔进垃圾袋里。

马路边没有垃圾箱，外面产生的垃圾都得自己带回家。扔有机生活垃圾规定在周一、周三、周五早上6点至8点之间，垃圾要去买统一的透明垃圾袋装，袋上要写姓名。我觉得这不合适，怎么也不能称自己是垃圾啊。

我去扔垃圾的时候，看到垃圾房里有一袋垃圾贴了一张黄纸，上面写着："这袋垃圾没有写姓名，不回收，并已查明是警察局宿舍的。"

可能是新搬来的，还不知道小岛的规矩。我们楼旁边就是警察局宿舍，垃圾房是共用的，这么"点名"好可怕呀。幸亏我给自己取了个别名，清楚地写在上面。

同样是纸张，要分报纸、广告纸、优质纸、废纸、杂志等，都要分别捆扎。牛奶盒要洗干净晾干，叠整齐用小绳子捆扎好。如果要扔一个纸板箱的话，先要把标签撕干净，去除箱

子四周的钉子，然后再剪成小块叠在一起捆扎起来。装食品的一次性泡沫盒都要洗干净、晾干、分类，有的盒子盖是透明塑料的，而撕上面的标签就是件很费力气的事情。

学校没有食堂，中午一般都吃盒饭，但就是那一次性的饭盒，每个人吃完饭后，都要到开水房里去用洗洁精把饭盒洗得干干净净，擦干叠在一起。饮料瓶子、啤酒罐、食品罐头盒都得洗净擦干。也许你会认为垃圾要洗，简直是天方夜谭，但那就是岛民们每天在做，并已成习惯的事情。

据说，洗干净的垃圾变成资源的过程中会产生更大的污染，其实我一边洗一边在想，难道水和人力就不是宝贵的资源吗？想归想，也不能破坏了人家的规矩。

记得在上海把没用的纸板箱送给大楼的清洁工时，不费吹灰之力，我只要说一声，她会自己来取，还会再三对我表示感谢。说真的，很怀念上海可以随时扔垃圾的轻松日子，反正，在日本垃圾扔得好累。不过静下心来想想，不累又哪来如此美丽舒适的大环境呢？

 4月16日

15. 学校的主人

　　一阵风吹过，走廊里飘进来两片树叶，走在我前面的学生马上弯腰把它们捡了起来，那么自然。壹岐高中整洁漂亮，却没有一个清洁工；图书馆宽敞明亮，却没有一位专职的图书管理员。

　　我来了之后就被分到广报部，相当于中国的宣传部，负责全校的对外宣传、广告制作，编制学校手册，图书的采购、编号、上架，还要处理日常的借阅，每周要开一次会。

　　图书馆上课时间不开放，中午和放学后开放，我每周也有两个中午要兼做图书管理员。本来中午只有45分钟休息时间（包括吃饭），如果上午第四节没课，提前吃午饭，那还可以；如果有课我会觉得时间很紧张。

　　开始我把它当成了一件大事，抓紧吃饭，急忙赶去。其实不用着急，学生也要吃饭的，而且，我去了几次，每次都有两位学生在那儿值班，另外再加上一位老师。我显得无所事事，无所作为，也就失去了急忙赶去的积极性。

　　学生每天要上6至7节课并参加各种俱乐部活动。除了学期开始、结束时的大扫除，每天第6节课和第7节课之间有20分钟的扫除时间，每个班都有明确分工。在老师的带领下，

东瀛700天

小岛日记

学生会把学校的每一个角落打扫得干干净净,包括厕所和办公室,体育馆和走廊,而且绝不马虎,会跪在地上把水池下面的角落擦得铮亮。扫除结束后,他们把洗干净的抹布整齐地晾在教室后面的小架子上。

每个俱乐部的活动结束后,学生也会把活动场所打扫得干干净净,哪怕是在运动场上活动的足球部、棒球部和田径部,他们都会用推沙板把运动场的沙子推得平平整整,绝不给后面的人添麻烦。有责任感的主人公精神,也许就是这样逐渐培养出来的吧。

好像谁都比我们这几个有点不着边的外国人有责任心。

 4月17日

16. 中国驻长崎总领事来访

没有出过国的人也许没有这种体会：一人在外，国内有人来看望你，那是非常亲切的，哪怕是不太熟悉的人。古时候的诗人，在离乡背井时能写出让人回味无穷的诗句，正是因为有这种感受。从文化的角度看，人比较喜欢同类，价值观接近，有共同语言，生活习性相近，心理就会放松。俗话说的"老乡见老乡，两眼泪汪汪"，就是这个道理了。

昨天，校长和教务主任就郑重其事地通知我，今天中国驻长崎领事馆的总领事要来学校访问，还要听课。我好开心，娘家来人了！总领事第一次访问小岛，也是第一次访问壹岐高中，当然格外受到重视。校方让我和涉谷老师做好接待准备。总领事要听我们的课，有一张明确的领事来访的日程表，也就是校方接待的日程表，诸如到达时间、接待地点、接待人员，都一一清楚标明。

小岛各方报社的记者都来了。小岛上没有交通堵塞的时候，所以时间都算得非常精确，我们到校门口站立不到两分钟，车就到了。总领事身材魁梧，又显出一种绅士的儒雅，身旁的领事则是小巧能干的样子，不错的搭档。我一见他们就有一种娘家来人的亲切感，毫无生人的拘束。

东瀛700天

在校长室，总领事赠送了富有中国味的礼品——中国结和京剧脸谱，接着和校方聊了一些学校的情况以及学生学中文的状况。很快就到我们上课的时间了，在记者的前呼后拥下，总领事一行和我们一起进了教室，听我和涉谷老师上课。涉谷老师负责讲解，我负责纠正学生的发音。一般来说这种礼节性的听课，也就是象征性地听5到10分钟，没想到总领事却坐下来像教学检查一样，津津有味地听了整整一堂课。记者们在旁边不停地拍照，可苦了旁边站着的校长、事务长、教务长们，被"罚站"了整整一堂课。

最后在校门口留念照相，一行人去市政府拜访了。来也匆匆，去也匆匆，娘家人走了，带走了我一时的兴奋，留给我一丝留恋、一点惆怅。

4月18日

17. 以物易物

今年的3月初,在我来小岛之前,渡边老师带日本学生来上海实习时,听说我要被派往壹岐任教,异常兴奋地对我说:"那可是个有文化、有历史的地方,至今还保留着'以物易物'的传统。"

我听后大吃一惊,"以物易物"那可是原始社会的产物,一直延续至今?日本还会有这么落后的岛屿吗?

但是,看渡边老师的神态是认真的。虽然是半信半疑,但也好像一下子增加了小岛的神秘感,同时也让我对小岛更有兴趣,没想到这小岛还有待我解决的疑问。

来到这儿之后,好奇心驱使我要搞清楚他们是如何拿一只羊换一把斧子的。可是到外面转了又转,我发现一切和岛外没有什么区别,也没发现有何"以物易物"的市场。

我现在总算明白了,这里确实存在以物易物的现象,当然远没有我想象的那么神秘,只是因为小岛的物价比较高,虽然小岛也出产大米、蔬菜、海产品、酒、豆瓣酱、酱油等生活用品,据说收购价很低,而一摆上柜台,本地的产品比外地的产品还要贵。原因是像蔬菜和海产品一类,当然是当地的更新鲜一些,所以价位也更高一些。按我一个外行人的想法,本地的菜少了运输等费用,应该便宜才对啊,这点我现在也搞不明白,反正本地的就是比外地的贵。

当地一些农户和渔民不愿意承受中间环节的层层加价,渔民拿着鱼和农户换粮食蔬菜。

有个学生的父亲是个渔民,据说捕了鱼经常送给邻居,邻居有种庄稼的,打了粮食,收了蔬菜,当然也经常送给他家。其实这就是一种礼尚往来,在他们之间就形成了所谓的"以物易物"。

我一下子又觉得,原来我们离原始社会也没有那么遥远。

4月22日

18. 新生的"宿泊研修"

　　日本每年的新学期是4月份开始的。4月9日是开学典礼。典礼一结束就是大扫除，第二天是领书和运动服，进行入学教育，11日开始上课。上了一周课，20日新生开始为期三天的集训，日本人称为"宿泊研修"，相当于我们的新生军训。集训地在佐世保一个叫"青少年天地"的活动中心进行。

　　师生们早上7点集合，分坐六辆大巴士，到达印通寺码头。时间尚早，全体安静地按班级坐在地上，等待8点上船。一个多小时的行程，到达唐津码头，然后还要坐两个多小时的汽车，树荫中的环山路让我感觉像是在假日里开车兜风。

　　中心大会场正前方的墙上写着"友爱、自律、奉献"6个大字。中心主任先做了介绍，中心除了食堂的4名工作人员外一共就4名职员，所以日常维护都是由客人自己做的。让我感触最深的是学生每天打扫卫生的认真态度，绝不敷衍了事。我亲眼看见了学生清洗礼堂边公厕的情景，他们戴着手套跪在地上，用清洁剂把便池的里里外外擦洗得锃亮。

　　一天的安排是：6点30分起床，7点升旗、做广播操、老师讲话、扫除、吃早餐，然后训练。早餐像自助餐，一桌一桌挨着次序，最后一桌坐上去时，第一桌已经吃完了，所以一直接着。学生们都安静地排着队，慢慢地向前移动，没有一点着急的感觉。早餐后，学生们不仅将桌椅擦干净，地拖干净，还把抹布、拖把洗得干干净净，整齐地晾在架子上，不给后面的人添麻烦的心意又让我感动。而且，不管人多人少、场所大小、等待时间长短，都那么井井有条，不用担心有人会插队、喧闹，给人一种轻松的放心感。

  接下来和我们的军训一样，主要是列队、走步，操练的是体育老师。第三天，各班除了排队形之外还有唱歌等表演，内容是各班自己的创意，我和校长、教务长等4位老师坐在前面检阅，并兼任评委。班主任老师都紧张地站在旁边看自己班学生的操练，结果二班得了第一。三天的"宿泊研修"结束了，看着眼前的学生，我感觉比来的时候精神、懂事了。

4月25日

19. 温馨的硬币

在从研修营地回壹岐的船上，音乐老师坐在我的身旁，她正在和一位女学生交流如何吹奏黑管。老师说平时可以拿一枚100元的硬币放在嘴边练习。无所事事的我一听这话，马上从钱包里拿出一枚硬币递给了学生，学生赶紧站起来向我表示感谢，然后放在嘴边练起来。

过了一会儿，练习结束了，那学生站起来就向厕所走去。我心想那学生真是孩子，忘了还钱就走了。算了，不就100日元嘛，奖励她的努力吧。

一会儿那学生又回来了，恭恭敬敬地把钱还给了我，向我表示感谢。我接过那枚热乎乎的硬币时，才发现她刚才洗过并烘干了。真有点感慨，学生的一个小小举动，让我心底充满了温馨，如和煦的春风，弥漫了我整个身心。

前几天《西日本新闻》登过这么一则新闻，是表扬壹岐高中学生的：经调查，壹岐高中垒球部的学生在去长崎参加比赛回岛的途中，看到有旅游者随手扔在地上的烟头、啤酒罐、酒瓶等，三位同学默默地捡起，并把场地打扫干净。因为穿着校服，所以有位旁观者给报社写了这篇报道。学生们不给别人添麻烦、默默做好事的基本素质，确实值得称赞。

这让我联想起日本的钱币都是那么干净整洁,也是因为平时养成的好习惯吧。想想该汗颜的倒是我们国人了,在菜场买菜时,刚拿过鱼的湿漉漉的手会找钱给你。你接过潮湿的钱币时,唯恐弄脏了自己的手,赶紧往钱包里一塞,再拿出来时,珍贵的钱币就面目全非了。

我写过一篇《世博会上海向世人展现什么?》的文章。我觉得最珍贵的应是人的素质以及一个城市和人的精神面貌。

人的素质还是得从小时候从日常的小事入手,和谐的社会就是由身边的小事构成的。在信息发达的现代,一件小事会感动一片,让人温暖好久!

 4月25日

20. 市民文化中心

市政府每个月有一份简报，报告一个月的新闻及将要举办活动的日程表。简报就发到各家的信箱里。小岛有一个文化中心，很多活动在那里举行。文化中心很漂亮，规模也不小。我的住所和文化中心同处一个街区，所以对无车族的我来说，也就比较值得关心了。

文化中心有一个大会场、一座展览馆、一间展览厅和许多大小不同的房间，进门的大厅有桌椅沙发，供市民享用。各个房间在各个时间段有各种活动，每周活动的有体操班、合唱班、卡拉OK班、吟诗班、短歌班、书法班、油画班、陶艺班、盆栽班、插花班、料理班、裁缝班、英语班、太鼓班、凤凰琴班，等等。日本舞班，是周四晚上在二楼的和室。

在大会场和展览馆的中间是一个露天广场，也常被用来举办各种活动，名副其实是小岛的文化中心。我来岛不久，就迎来一个文化节，舞台上表演了各种节目，但有一点——个人节目少，集体项目多。有合唱、吟诗、舞蹈、凤凰琴演奏等，舞蹈包括各种流派，从服装到灯光都是非常专业的。虽不用买票，进出自由，入座率不到一半，但演出自始至终在神圣、认真的氛围中有条不紊地进行着，而演员就是岛民自己。

展览厅里展示着老百姓的作品，有油画、插花、布艺、陶艺等各种作品，还有很多学生、小孩和老人的作品，有些作品真说不上艺术，但就这样展出来了呀。我想这大概主要是政府为了丰富大家的文化生活搞的群众性活动吧，给老百姓一个展示的机会、一个自豪的机会，也不辜负了平时的练习。当然也给老百姓提供了一个联络感情的机会，使大家有一个大家庭的感觉。

这次回国后，我也要去体验一下我们街道的文化中心，因为新建的曲阳街道文化中心外观不亚于这个小岛的文化中心，而里面的内容是否也那么贴近老百姓的需求呢？

4月27日

21. 新生远足

　　小岛的老师是轮换制，所以每年都要为新到的老师安排一次环岛旅游。今年新到学校的18人，照例参加了环岛一日游。我们参观了海豚公园、博物馆、酿酒厂、猴岩等名胜，还吃了一顿有名的壹州牛肉烧烤。

　　学生可没有这样的待遇，新生进校后有一次全校师生参加的"欢迎远足"，"远足"即"走路"。除了担任"交警"和运输任务的老师可以开车外，其他人都是徒步。我当然没有上述任务，一早穿上运动鞋，换上运动衣上路了。

　　壹岐是个岛，很多道路一边就是山坡。我正兴冲冲地和学生一起走着，突然有个女同学问我："老师，中国没有这样的路吧？"

　　把我问得一愣，中国怎会连这等山边小路也没有呢？一出上海，江浙一带的丘陵地带都是这种小路，更不用说全国了。感叹日本人对外部世界的无知，但看着小姑娘那种热切的目光，我又不忍心扫她的兴了，我只能笑着说："中国有，上海市里没有。"

　　她似乎得到了满足。

　　绝大多数的日本人，都认为日本最好，外国人都想成为日本人。因为无论是日本的媒体还是学校教育，一直是这么说的，提到中国时，不是遥远的丝绸之路，就是贫困山区。宣扬日本是个先进国家，如何救济发展中国家，考题中也有"日本无偿援助发展中国家用英文如何略称？"这样的题目。每个教室都有一个小箱子，上面写着"支援发展中国家，把还可以用的铅笔、圆珠笔放进去"。他们需要这种感觉。但我想，有机会我要让他们有一个较为正确全面的认识。

渐渐地我和扫尾的校长走在一起了，再后来我坐上了担任"交警"任务的汽车，第一批到了目的地。目的地是海边的一个大坑，据说是鬼怪的足迹。旁边是一大片草地，大家坐在草地上用餐，吃各自带去的盒饭。餐毕搞活动，一个小山坡就是舞台，新老学生轮番表演。然后是跳绳、拔河比赛，教师组跳绳得了第二名，要是没有我这个"欧巴桑"也许就是第一名了，学生应该感谢我。

突然，一阵欢呼。我眼前一亮，滨砂老师她们脱掉了外衣，四人穿着印有奥运福娃的运动衣亮相了，举手做着奥运的圆圈。我赶紧摁下快门，留住这友谊善举的画面。

最后15分钟是清扫活动场所。我们捡起草地上的每一个垃圾、每一片枯叶，把我们用过的场所打扫得比我们来时还要干净。

最后是全体跑步回校，当然不算我在内，而第一批到校的人中却有我。

4月28日

22. 朋友素子来岛

今年的黄金周是先休息3天，再工作1天，然后休息4天。我想要是中国人早就换过来，把它连在一起过，可日本人就是这么古板。也好，前3天让长崎的朋友素子来玩，后4天我去福冈同学家，就这么定了。

小岛上的人基本都有车，坐公交车的一般只有学生和老人，所以班次特别少。来了客人才觉得自己没有车还真是不方便，而我的驾照还是国内的，只得让滨砂老师开车和我一起去码头接客人。

我和素子女士是10年前我在长崎的大学任教时认识的。她年龄和我相仿，在银行工作，每天都打扮得像贵妇人似的。她喜欢中国，跟我学汉语，我俩非常投缘。那时每逢周日，基本上都是我们俩在一起愉快度过的，吃饭、逛街、一起去短途旅游，反正每周有盼头。因为有了她，我在长崎的一年很快就过去了。

回国后，她曾来上海游玩了4天，5年前我又去长崎故地重游过。这次一听我来了壹岐，她早就嚷嚷要来玩了，这应该是我们相隔5年后的重逢吧。

船到码头已经5点多了，3人径直去了离住所不远的饭店，听当地老师介绍，这家饭店味道不错，滨砂老师已为我们订好了座位，我也期待着美餐一顿。也许期望值太高，那顿饭令我大失所望。点的菜迟迟不上，好不容易来了一个，分量还少得我不好意思伸筷子，冷冰冰的，也不对中国人的胃口，一下子没了又得等。等着等着直等到肚子饿，只好点个饭团子先充充饥，问老板娘我们点的烤肉怎么还不来，竟被告知还需要再等40分钟。只能怪自己点那些费时费工的菜了。

我看这就是一个夫妻店，员工就两个人，怎么快得了呢？就在那漫长的等待中，我悄悄地去结了账，居然花了一万日元，相当于700元人民币左右，这在中国可以吃很丰盛的一桌了。我一点也没记住到底吃了些什么，只记得等啊等啊等。以后有性急的朋友要锻炼耐心的话，我肯定推荐这个饭店。

对于过久的等待，素子好像没什么感觉，一直笑眯眯的显得心情很好。在小岛上见面的好心情已经使吃得好坏变得次要了。5年是一段不短的时间，应该有好多话要讲。吃完饭，我们兴奋地往宿舍赶。

 4月29日

23. 可爱的壹岐老太太

公交车站有一种1 000日元一张的一日票，就是一天可以随便坐的车票。也不能老是麻烦别人，我是中国驾照，素子她也多年不开车了，没法租车。今天，我们就看地图坐公交车环岛游了。

我们决定先去较远的海豚公园。坐了有半个多小时，驾驶员告诉我们这里离公园最近。可等我们下车后根本不见公园的踪影，不远处有位老太太和一个小孩，还是先去问问怎么走吧。老太太告诉我们海豚公园在山的那头，顺着这条路走半个多小时才能到。天哪，那不是看山走断腿嘛，地图也太不可靠了。

但老太太得知我们是去游玩时，马上对我们说："和我们一起去吧！"

一转弯把我们领到了一辆面包车前，那里还有两个年轻人和一个小孩，老太太对我们说这是她孙子、孙媳妇和两个曾孙。孙子在长崎，黄金周回来玩，也正要去海豚公园，让我们一起去。孙媳妇赶紧抱起孩子给我们让出地方，就这样承蒙老太太的好意，我们坐上了"免费班车"。四个轮子到底比两条腿快，一会儿海豚公园就展现在我们面前了。

东瀛700天

小岛日记

　　为了表示感谢，买门票时我就把老太太一家的份也给买了，老太太反而一个劲儿地对我鞠躬，向我表示感谢，喜欢AA制的日本人一般是不会这样的。售票员告诉我，马上就到喂食时间。来得真巧，虽没有水族馆的海豚表演那么精彩，也着实让我们高兴了一番。

　　一会儿老太太又找来了，问我们是否还和他们一起去玩。反正我们也没有什么目的地，欣然应允。老太太把我们带到了高处的城山公园，而后又带我们兜风，并一路讲解，最后带我们去了叫"三道沐"的温泉。她告诉我们这个温泉在壹岐是最大的，里面有饭馆、温泉，也有健身房、游泳馆等设施，露天温泉池还能看见大海，但最近客人少，财政赤字，很可怜的，让我们去捧捧场。好可爱的老太太啊！我们在那儿分了手，进"三道沐"捧场去了。

　　托老太太的福，我们过了一个轻松愉快的假日。

 **5月3日**

24. 船码头遇信徒

来小岛一个月了,上海中心城区长大的我,有点向往人多的喧闹了。黄金周的后半段,我要去福冈,会会大学的老同学,按上海话说,就是"轧闹猛"。

日本有很多类似庙会的活动,乃全民运动。5月3日是福冈最大的节日,在全日本也是屈指可数的祭事,在上海上课时我向学生介绍过。这下,我可要亲身体验一下负有盛名的"**どんたく祭り**",享受一下人多的热闹。

来小岛后第一次单独出门,时间上总得留出一点余地的,到达船码头时离出发还有半个小时,船还没到呢。候船室里有台电视,正播放着我不感兴趣的古装剧。

我拿出一本书看起来。这时,一位老太太凑上来对我说:"你眼睛真好啊,我不带老花镜什么也看不见了。"

在日本很少有人主动和你闲聊的。我正奇怪呢,她继续向我介绍:她是北九州市人,是某个教的信徒,每月初来一次壹岐,因为这里有一个信徒,是位80多岁的独居老人,她要来关心她。

日本到处是寺庙和教堂。京都市的大小寺庙等就有3000多个。我不知小岛上有多少寺庙神社,但在地图上标出的就有50个。

刚到小岛时,每个星期六都有信徒来敲我的门,希望我去教堂听他们宣教。第一次留下资料走了,没想到第二个周六又来了,我说没车去不了,他们说可以开车来接我,我只能说自己没空。没想到的是第三个周六又来了,我真钦佩他们执着的精神。

日本式的老房子里都有佛坛和神架,佛坛上供着逝者的照片,神架上贴着写有出生小孩名字的纸片。当然现在大城市的公寓房,在年轻人的爱巢里已难见到了。

感谢这位老太太一路上和我说了许多日常生活小事,诸如她的家庭、女儿等。转眼两小时一晃过去了,根本没感到寂寞,不过我的书是白带了。

 5月4日

25. 享受人多的喧闹

老同学经过多年的努力，现在已是福冈大学的教授，可称得上是有房有车的高薪族了。上大学时就和她比较投缘，而且夫妇俩都是我同学，再加上在异国他乡，见面的兴奋程度不亚于见到最亲的亲人。我又感觉到了家的亲情与轻松，在小岛时晚上一个月没说的话，那天晚上都补上了。

福冈的天神，相当于上海的南京路，热闹非凡。第二天一早，她先生就开车先送我们去电器商场，买了两部照相机，然后送我们到了作为主会场的天神。好像还太早，游行还没开始，到处是卖章鱼丸子和烤鱿鱼的摊了。

既然太早，那就发挥女人的强项，开始漫无目的地逛商店，逛累了，我俩在一家氛围不错的咖啡店继续着昨日的话题。

无意间发现咖啡店门口，有游行后往回走的队伍路过。啊，难道就在我们逛商店、喝咖啡之际，游行已过？不免有点泪丧，起了个大早还是赶了个晚集。

饭店门口，有3位参加完游行还没卸装的老太太，我赶紧和她们照了一张相，以弥补上午没看到她们游行的损失。

我俩决定赶紧进餐，养足精神，不能再错过下午的游行了。吃了一份典型的日本套餐，按照活动指南，按图索骥，这回方针路线完全正确,我们就坐在电视台工作人员的旁边。

"どんたく祭り"有点像我们的国庆庆祝游行,有彩车,有方队,方队来自各个县、市、街道、团体,有1000队左右。

队伍中出现了壹岐方队,我还看到了国际队、留学生队和来自中国广州的少年合唱队,当我看他们举着中国国旗走过来时,感到非常亲切,由衷的爱国心让我兴奋不已,我拼命地大声喊"你——好!"。他们也挥舞着小国旗,回我"你——好!"。我的精神得到了极大的满足,就这样顶着太阳,开心地坐在地上足足看了3个多小时。

5月5日

26. 机场附近的流浪汉小屋

来福冈的第三天，同学开车，我们去了阿苏。阿苏是座活火山，虽然下雨，还是冒着浓浓的烟火，很是壮观。火山口附近是碉堡似的避难所，边上散落着还没有长草的石块，据说是新喷出来的岩浆块，让人感觉随时都有喷发的危险。没敢多待，再说下雨也扫掉了不少兴致，于是匆匆打道回府。

去阿苏火山玩的路上，途经福冈机场。福冈机场是少有的建在市中心的机场。就在那草地上、树荫下，时而出现由蓝色编织薄膜搭起的简易房。这种简易房不仅出现在福冈，以前在东京、大阪、京都都见过，大多出现在大桥下面和公园里。当然这些不是修路工的工具房，而是流浪汉的住房。建在大桥下面能避一些风雨，建在公园里生活能方便些，因为公园里都有公共厕所，里面有水可以洗漱，有的还拉了电线，可以捡几个小电器用用。

京都有名的鸭川河上有很多桥，走在河边的先斗町，偶尔还能碰到艳妆的舞伎。沿河搭起的露台式的餐厅，一到晚上盏盏灯笼、靡靡音乐招揽着客人，灯笼下更是烛光杯影、笙歌艳舞，一派繁荣景象。但只要顺着河往下走一点，就会在大桥下看见那蓝色的简易房。亏得他们没建在繁华区，不然会显得非常不协调。

　　记得有次去大阪，日本朋友请我一起出去赏花，心情愉悦。可在公园的一角，又出现了一堆简易房，在经济不景气的年代，运气不好会有很多的无奈，有条件的话谁愿意住这种简易房呢？但如果勤快一点的话，即使做钟点工，也总有个栖身之处吧？我不知是否该同情他们，反正出门时的好心情瞬间消失了很多。

　　我问日本朋友，公园为什么允许流浪汉搭简易房？他回答那是人权。我又问，公园是国家用税金建造的公共设施，是供市民共同享受的，他们圈地为自己独享，侵犯了别人的权利，游客就没有人权吗？朋友回答不了，我到现在也没答案。

　　日本是发达国家，政府为什么没有收容所之类的呢？这很影响市容的。不过话说回来，即使是流浪者也比较文明，不乱扔垃圾，也不会缠着人要钱。

　　这一点还是小岛好，在小岛上我从没有见过流浪汉的简易房，好像人人有饭吃，个个安居乐业。

5月5日

27. 鲤鱼节

中国的端午节是农历的五月初五,而传到日本就变成公历的5月5日。日本也称为"端午节",又称"鲤鱼节、男孩节、儿童节"。

这一天,有男孩的人家,家中要摆放武侠娃娃,挂钟馗驱鬼图,户外要挂鲤鱼旗,要用菖蒲和柏叶团子来祈祷孩子的成长。挂鲤鱼旗是按照中国的习惯,鲤鱼跳龙门的意思。鲤鱼旗是用布或绸做成的空心鲤鱼,分为黑、红和蓝三种颜色,黑色代表父亲,红色代表母亲,蓝色代表男孩,蓝旗的个数代表男孩人数。菖蒲是因为日语的"菖蒲"和"尚武"谐音,在武士时代,男孩是要尚武的,表达了父母期望儿子成为勇敢坚强的武士的愿望。

小岛的小河边(其实是大海的支流)也挂起了大鲤鱼旗,但总的来说不像我想象的那么热闹。邻居家的阳台上也竖起了一面小小的鲤鱼旗,我怎么看都有点不伦不类的。鲤鱼旗嘛,应该挂在院子里的大旗杆上,但住在公寓里的现代人家又哪来的院中旗杆呢。

中国的儿童节,儿童在学校搞活动、看电影等,一般和大人没什么关系。但日本却是全国放假休息的,是黄金周的其中一天。现代人好像更重视黄金周如何安排旅游，反而把名正言顺的鲤鱼节给冲淡了。今年我本身也没在小岛上过鲤鱼节，更体会不到这天的盛况。反正在福冈是没什么感觉，只是普通的休息天。

日本的传统文化中保留得最好的当数相当于中国庙会的"祭"了。因为"祭"不像鲤鱼节，全国都一样挂个鲤鱼旗，而各地的"祭"，其时间、内容都各不相同，所以，不仅没有衰退的迹象，反而作为旅游的亮点、振兴地方经济的砝码、当地老百姓联络感情的机会，正在大张旗鼓地发扬光大中。

5月8日

28. 扑朔迷离的"眉检"

教师办公室的白板上写着"眉检"。今天检查一年级1—3班,明天检查二年级4—7班……

何谓"眉检"?日本体检中的一项内容?

从开学到现在一直有各种身体检查。日本不像中国,开学后新生有统一的时间体检,而是分期、分批地进行,今天是几班、检查什么项目等。所以,白板上一直写有"尿检、血检"等字样,可这两天却多出了"眉检",百思不得其解。

我问旁边的老师:"眉检是什么意思?"他淡淡地一笑答道:"就是检查眉毛。"

我内心一怔,不禁感叹起日本的医术来。在中国我只听说过人的耳朵有全身的穴位,没想到眉毛都能发现疾病。

钦佩之余,好奇心又驱使我决心去一探究竟。学生都安静地排在走廊上等待检查,检查者不是医生,而是班主任,认真地在查看眉毛,一边看还一边向学生询问着什么。欸,日本教师还真有如此不凡身手?

一连几天的检查,确实让人有点难以理解。中国老寿星是长眉毛,年轻人查什么眉毛呢?只能再次询问坐在旁边的涉谷老师:"眉毛能查出什么呢?"

回答是:"检查他们的眉毛是天生的,还是剃了以后画上去的。"

啊,原来是仪表检查,高中生到底还是孩子。

学生中间确实流行着修眉和男同学的低腰裤。有几个男同学眉毛画得假得可笑,裤腰低得我总担心什么时候一不小心裤子掉下来,那该怎么办?裤腰一低,裤裆快要拖到膝盖,裤脚拖到地,走起路来多么别扭啊!

男学生一边走路一边得提提裤子。也许这就是代沟吧,我怎么也看不出那有什么"美"或者"酷"可言。不过"眉检"之谜总算解开了。

看来有问题还是要问清楚。虽然我身处日本,也略知日本文化,但社会文化的差异、发展,生活环境的不同,发生误会的可能性还是很大的。

5月9日

29. 中文班学生

壹岐是个具有悠久历史的小岛,在日本刚有历史的弥生时代,即公元300年左右中国的《三国志·魏志·倭人传》里,就有关于壹岐的记载。所以壹岐人引以为豪,在高中开设了具有特色的历史文化专业和中文专业,向全国做宣传、招生。

壹岐还有一所商业高中,学生毕业后以就业居多。小岛的家长愿意让孩子到壹岐高中来上学,因为那是孩子通往大学的必经之路,特别是一、二班的学生都很优秀。

如果选择了历史、中文专业,都可以进壹岐高中。这样就让少数原本也许考不上壹岐高中或跟不上其他同学学习的学生,选择了历史、中文专业。这样的学生不爱学习,经常缺课、请假,影响整个班的学习风气,也影响了特色班的声誉。

日本学校的各项制度定得很细,但学习环境非常宽松。每天会有学生去保健室睡觉,而且考试的合格成绩只有中国的一半,30分就算及格,旷课再多,期末补一下,就通过了。学习的劲头远不能和中国的高中生相提并论,如果学生想做个混混的话,那日本就是天堂。

学生的成绩差别很大,有得满分的,也有只得十几分的。中文专业现有的学生基本上一半是爱学习的,一半是混日子的，但学生脾气都特好，不会也不着急。上课的进度像是老牛拖破车，不知重复了多少遍，第二次上课又仿佛全是新内容，我有时觉得对不起学习好的学生。甚至想等科技发达了，我一定要做一块教学芯片强行装在那几个学生的脑子里。

有点安慰的是，今年三年级里有一半的学生，基本上已定下来继续去上海外国语大学深造，当然这属于爱学习的学生。

 **5月10日**

30. 晚上的年级会

以前总以为我们中国会议多，其实岂止是中国呀，我看这里的会议一点也不少，每天都有各种会议。因为我是客座教师，不是班主任，好像什么升学率、学习能力提高和我都没多大关系，不用负什么责任，自然开会也要比一般的老师少一些，我真庆幸。

除了白天的会议，每学期还有几次晚上的年级会，其实那就是年级会餐。这里除了学校会餐每次要出 4 000—5 000 日元外，年级第一次会餐交 5 000 日元，以后每个月还要交 3 000 日元年级会费，另外，还有分专业的学科会费。有了钱总得想法花出去，所以一学期中以年级为单位还要开几次会，吃几顿饭。

几杯酒下肚，话就多了。在闲聊中，我发现了一个大秘密，原来在大家每天极其认真忙碌的表象后面，竟还有很多娱乐。平时都要加班一两小时，周六都有补课和俱乐部活动，但周日是休息的，有钓鱼的、玩踏浪的，而最普遍的娱乐就是玩"柏青哥"铁弹子了。

在我的印象中，玩这种赌博性的娱乐，基本上是不务正业、不走正路的人。没想到属于公务员的老师，居然还包括年轻的女教师，也在玩铁弹子，完全出乎我的意料。

当然玩得最欢的当数体育老师了，说得眉飞色舞。体育老师和我一样也没什么责任，什么升学率、学习水准考试好像也都和他们没有关系。每天课后和周六俱乐部活动的指导，也由各科老师兼任，他们也不用特别地付出。

单身赴任的老师们，晚上不是喝酒就是玩铁弹子，要不然干什么呢？不是人人都喜欢看书、看电视的，精神压力总得有个宣泄的途径。相比之下，有了"上山下乡"这碗酒垫底，看来我的精神还是蛮坚强的啊。

晚上的年级会，有时就是身居小岛的老师们联络感情、消磨时光的吃喝会吧。

 **5月12日**

31. 大众娱乐"柏青哥"

今天休息，柴田老师开车带我去超市，一处宽广的场地上停满了车。我正在想那也是个超市吧，柴田老师告诉我那是"**パチンコ**"，中文音译为"柏青哥"的铁弹子房，开近一看果然是。

铁弹子在日本的任何地方都大受欢迎，小岛也不例外。一个小小的岛屿，我见过的弹子房就有四五个，停车场上都停着很多车。我现在知道其中也包括老师们的车了。

习惯了上海生活的人来到日本后，肯定会觉得日本晚上市面冷清，商店怎么这么早关门啊？商店街一到7点，都相继关门了。但有一个地方绝不亚于夜上海，灯火辉煌，那就是日本人称作"**パチンコ**"的铁弹子房，犹如上海的娱乐城，亮堂、气派。前面会有很大的停车场，停着各种车辆，有人挥着小旗子，指挥着进出的车辆。

好奇心过剩的我以前也去体验过一次，嘈杂的声音令我窒息，一进门我就想逃出来。在我还没搞清楚是怎么回事的时候，1 000日元已经不属于我了。

据说常玩的人知道今天哪台机器好，哪台不好，有一定规律的。一般是新机器好，所以弹子房前都有大大的一排广告旗,上面写着"新台购入"的字样。

我一直搞不清楚为什么玩铁弹子在日本会这么受欢迎,这么经久不衰。细思量,其实就像中国人喜欢搓麻将一样,不同的是中国人搓麻将的多为退休人员,而日本玩铁弹子者是正当年多。我问他们:"这铁弹子有什么好玩的?日本到处是海,有时间不如去钓钓鱼,或者去搞些什么体育运动。"

他们告诉我:"很多娱乐活动是受限制的,比如钓鱼,不仅要有鱼竿、鱼饵、鱼箱,还需要船和伙伴;玩高尔夫是需要花很多钱的;还有的活动很乏味,坚持不下去。而任何时候,一个人可以玩,也不需要花大钱,运气好还可得奖品的娱乐,就是玩铁弹子了。"

说得似乎也有点道理。

玩铁弹子有刺激感可以忘我,解除精神压力。哎,喜欢玩总会有理由的。

 5月13日

32. 春天集市

商店街前几天就贴出了宣传广告,13日是小岛的集市。我想象不出小岛会有一个什么样的集市,也就是像"早市"一样摆出几个地摊吧?

休息天照例睡了个懒觉,等我梳洗停当出门时,已是艳阳高照,都想打退堂鼓了,还是犹犹豫豫地出了门。下了坡,哇,没想到小岛竟然也有这么热闹的场面。几乎小岛上所有的商店都来这里设摊,所有的人都来这里凑热闹了。桥中央醒目地停了一辆红色消防车,每个路口都有摇着小旗的交通协管员,靠近商店街的马路成了步行街,路两边摆满了商品。临街的住家小院也成了打折商品的展销会,卖东西的货车就一排排地停在路中央,当然最多的还是卖章鱼丸子、烤鱿鱼之类的。卖货的吆喝声和孩子们的欢笑声混在一起,可谓人声鼎沸,奏出了一曲难得的、热闹的小岛交响曲。

我又开始兴奋了,买了一大堆吃的东西。其实有的东西平时也能买到的,但是一看到货车上的东西就来了购买欲。我还傻乎乎过早地买了番茄、土豆、柏叶团子和小盘子。我一向没有拎物功,好重啊,一会儿就满头大汗了。

照相馆对面的一个停车场成了临时的跳蚤市场,小岛相

对物资短缺，东西不会有大城市的处理价，加上我也实在是去得太晚，没有什么好东西在等着我。买了两个玻璃杯，决定打道回府。

一共只有 50 米左右的商店街，居然也会像节日的上海豫园一样因人多而迈不动步。这时听到"吴老师！吴老师！"的喊声，顺着声音寻去，只见两个穿着入时的少女在喊我，浓妆艳抹，时尚摩登。再仔细一看，竟然是我的学生。她俩不再是小岛上背着书包、穿着藏蓝色校服的高中生，而是东京涩谷的时髦女孩。难得有这么一个自由展示个性的机会，当然要尽情地展示，所以老远就呼叫我了，少女的爱美之心哟。

万幸啊，亏得我来了，差点与这千载难逢的热闹场面擦肩而过。世上很多事情就是这样，期望值越低，越有出人意料的惊喜。

 5月14日

33. 盒式点心

  今天一进办公室，就看见我办公桌上有盒点心，大概是涉谷老师送给我的吧。他带学生出岛参加网球比赛回来了。日本人无论因公出差还是因私回老家，回来都会带一盒点心。因此，我的桌上经常会出现一块小糕点、一粒巧克力等。在大办公桌上放一盒糕点，或在每个办公桌上放几块糕点，说明又有人从老家或出差回来了。

  日本人就像老上海人一样有吃点心的习惯，无论是学校还是公司，都习惯于吃点心。小孩放学，一到家就是吃点心。当然不会像上海的小馄饨、生煎包，一般都是糕团、饼干之类。我想这也与他们父母不按时下班，晚饭吃得晚有关吧。日本人上班有时间概念，而下班没有确定的时间，没有按时下班的概念，看自己手上的事情处理状况而定，习惯于加班。

  日本的公司职员更习惯于加班，一方面是珍惜现有的工作，需要表现出积极努力的工作态度，另一方面公司职员需要加班费。日本男人的工资卡几乎都是夫人掌管的，而不打在卡里的加班费就是男士们的私房钱了，男士需要用这笔钱来应付日常在外的开销、显示男子汉的气度。

  在大学教书相对自由，高中就不一样了，像个大公司，

集中在一个大办公室里坐班，而且也没有按时下班的概念。如果下午不添点能量的话，仅靠中午的盒饭，怕坚持不到下班。所以一到下午四五点，就是各种小点心的"市场"了。每逢老师出差回来，都会带回当地的小点心。有个长假的话，上班第一天的办公桌上会出现好几种小点心，办公室的中央大办公桌更有整盒的点心放着，供大家自取。小点心也让办公室总是弥漫着一种和谐的气氛。

日本人去别人家里做客绝不会空手而去，但也不会买贵重的东西，一般都是当地的一盒点心。在日本，认为送贵重的东西会造成对方的心理负担，反而是失礼的。现代中国人常以礼物的价值来衡量送礼人的诚意和感情，而日本人则还继续着中国古老的"礼轻情义重"的传统，认为礼物只表示心意，心意到了就可以了。

有求必有供，日本的任何旅游点、车站、码头、机场，多的是这种盒装小点心。

 **5月15日**

34. 昂贵的大学生

　　一名我蛮喜欢的学生来办公室问我问题，解答完后我就和他闲聊起来，问他毕业后准备上哪所大学。他说他喜欢音乐，非常想去上海音乐学院，也想上日本的音乐学院。但他是单亲家庭，又因为宗教的关系，所以，他很可能高中毕业后就工作。我告诉他，如果是经济问题的话，大学有奖学金，现在还可以贷款，也可以打工，有很多路可走，尽量不要放弃自己喜欢的事情。

　　其实我也知道，一个家庭要培养一个大学生，是要花很多钱的，像他那样的母子单亲家庭更是困难。根据日本学生支援机构的"学生生活调查"报告显示，2006年日本大学生的平均生活费为189.5万日元。当然这还包括住在家中的学生，这部分的学生可以省下房费和部分生活费。如果要上私立大学，又要住宿舍，那费用就更高了。其中学费、书费、交通费为117.1万日元，生活费为72.3万日元。粗略一算，大学四年的费用将近800万日元，合人民币40多万元。家中有几个孩子的话，负担可想而知。

　　大学生一个月的收入，一般家里会寄6万日元左右，自己打工挣8万日元左右（每小时是700日元左右），加起来有十几万日元。

壹岐高中开设的中文课是中日友好项目,所以,这里中文专业的学生每年暑假可以到上海外国语大学进行为期3周的短期进修。学生只要出一半的费用,另一半由县教育厅补贴。

最近别的同学都兴奋地倒计时,可他却无奈地放弃了。我很想帮助他,对他说:"你想留学的话,可以乘这次进修的机会先去看看,经济有问题的话,我可以先借给你,等你工作了再还给我。"他表示感谢,说回去再考虑考虑。但愿今年他能和我们一起去上海。

5月16日

35. "土足严禁"

日本的学校，除了大学，从幼儿园到高中，进校就像进家一样都要换鞋的。壹岐高中也不例外，一进教学楼，门厅的右侧就是一排教师鞋箱，从校长到实习教师，每人一格，每格分上下两层。门厅的中间还有一排稍矮一点的鞋箱，每格里面放着同一种海蓝色的拖鞋，是供外来人员用的。

进学校的第一件事是换鞋，一边换鞋一边打招呼。让我感到怪怪的是很多老师脱掉皮鞋换上了拖鞋。

在日本，我看到有的校门口还竖着一块牌子，写着"土足严禁"，意为穿着带有尘土的鞋不能入内。换拖鞋或者穿着袜子才能入内，难怪日本男子一年四季都穿着厚袜子。

一号教学楼和二号教学楼中间连接的走廊是学生的出入口，一排一排的鞋箱整齐地排列着。学生体育课换运动衣和运动鞋（运动鞋还分运动场的和体育馆的），校外统一穿软底黑皮鞋，校内全穿拖鞋。就是一种泡沫塑料拖鞋，鞋帮的颜色和体育课运动服的颜色相同，红、蓝、绿，每个年级统一一种颜色，所以看拖鞋或运动服就知道这是几年级的学生，一目了然。

壹岐高中的学生，一年中除了夏天有年级色镶边的白运动衫外，剩下的三季，哪怕是三九天，校内外都是同一套藏青色的套装。女学生是裙子套装，男生是长裤套装。

最可笑的是老师，上面西装领带，下面却穿了一双拖鞋，踢踢踏踏地走来走去，自我感觉很自然，我却无法接受，总觉得不伦不类的，有失尊严。

我在鞋箱里放一双软底皮鞋，进门换一下。根深蒂固的文化让我入了乡却难以随俗，无法上面穿着套装、下面却穿着拖鞋去上课。在上海我无法接受学生穿拖鞋来上课，在这里没法要求别人，只能要求自己了。

日本人晚上习惯睡榻榻米，榻榻米作床，在我们看来就是睡地上。这样就容易理解，进门必须换鞋或脱鞋，总不能穿着鞋踩在床上吧。

也正因为此，日本学校内很干净，随地可以坐，学生们都把地当床来对待了。

 5月18日

36. NHK也属收费电视

休息天懒散地坐在榻榻米上看电视，忽然"叮咚"一声门铃响了，自从上次回绝了宣教者以后，已经很久没有出乎意料的门铃响了。

正闲着的我，"嗖"地从地上爬起来。难道有客人来？来到岛上后，除了素子还没有人来访过呢。

虽说住的是教工宿舍，整幢楼都是同一学校的老师，但大家见面非常客气，绝对规矩，从不打扰。

门外站着一个年轻人，胸口挂着一个牌子，告诉我他是NHK的，今天来收收看费用。来日本后出乎意料的事情之一，就是电视频道屈指数一下还多出好几个手指。日本家庭除了额外收费的卫星台，普通家庭一共只有6个电视频道，其中一个是NHK综合台，相当于我们的中央台，一个是NHK教育台。欸，NHK也要收费？

我问他是否每家都要付费，他回答是的，家中只要有电视机就要付费。那还有什么话说呢，一共才6个频道，我也不能说我不看NHK呀。一次付3个月，4 000多日元。这样的客人还是少来点好，不然又要经济危机了。

还是上海好，频道是日本的数十倍，收费只有日本的十分之一。有比较才有自觉啊！价格自觉，价值观自觉，文化自觉。

付钱到底比取钱容易，我从钱包里拿出钱，他也从包里拿出了发票，我把名字填上，一张正规的发票就在我的手上了。

好像以前也听说过，因为NHK是不播广告的，所以要收费。仔细想想中国的中央台是插播广告的，日本的NHK确实没有广告。但以前住在东京、京都、长崎只听说过，却从来也没有工作人员真的来收过费用。小岛人少，好事坏事都跑不了。啊呀，今后对NHK更得刮目相看了。

5月19日

37. 老家的父母

　　学校没有宿舍，离岛留学生就寄宿在当地老百姓家里，这种家中的父母我想中国该称为房东吧，而日本称为"老家的父母"，好像更有一种亲近感。这样的家庭能受到县里金钱上的资助，他们可收到住宿费和伙食费，但要像父母一样照看孩子们的饮食起居。学校为了感谢他们经常要举行聚餐会，有意思的是他们如果参加聚会的话也要出钱，只是我们每人出5 000日元，他们就打个七折出3 500日元而已。

　　聚餐会一共不到20人参加，但学校的三个巨头都到了。因离岛留学生多数是为了学习中文而来的，所以我也被邀请参加了。坐在我旁边的是一位中年妇女，可真能说呀，从我坐下就和我讲话，一直没有休息过。讲她如何对待孩子，讲有个女同学在以前住的人家受了多少委屈，她又是如何关爱她。又具体地讲了那学生以前住的那家老头有多么难对付，而她又是如何想尽方法改进他们的伙食，关心他们的生活。她觉得这样既光荣又有经济收入，是个难得的好事情。一开始我很感动，认真地听着，可过了将近一小时她还是那么喋喋不休，有的话说了好几遍了，反复地标榜自己，我觉得碰上了"祥林嫂"。说真的，此时我倒是有点同情起住在她家的学生，听她每天反复唠叨，这该需要有多大的容忍力啊。

还好，另外的"老家的父母"来敬酒和我说话，我赶紧趁机摆脱了，她也又转过头去，和右边的人说话，那些话又不知复制了多少遍，反正一直没停。有了她的到来，聚餐会没有冷场的时候，大家一直处于趁空插话的状态。

不过也多亏有了他们，离岛留学生才能享有家庭的温暖。要每天照看处于逆反期、对很多事情似懂非懂的孩子，每天清晨要为他们做早饭、准备中午带的盒饭等，照看饮食起居，关心孩子们的成长，可谓责任重大，也是很辛苦的。要是懂事的孩子又碰到明智的房东，那可真是三生有幸了。

 5月24日

38. 享受自然带来的乐趣

坐在榻榻米的座垫上，回味着昨晚做仙人的感觉，凝望着落地窗外的小树林，遐想着古人借萤火虫之光勤奋读书的情景，隐隐约约仿佛在期待着"星星"的再现。

近来每天上班时会看到桌上有一张有关萤火虫的信息报告，统计着什么地方是看萤火虫的最佳地点及萤火虫数量，就像春天日本气象台会每天播报樱花的信息一样。

昨天晚上，柴田老师邀请我一起去看萤火虫了。她开着那辆现在很少见的手动挡小车，来到了据说是最佳地点的山坡旁的小河边。没有月亮没有路灯，除了远处马路上偶尔有车路过时的车灯，身旁黑压压的一片。

平生还是第一次看到这么多的萤火虫，沿着小河，"小灯笼"就在你的身边飞舞。星星闪烁，像天上的银河下凡，有种回归自然、飘飘欲仙的感觉，我反复问自己这不是做梦吧？感动得我快掉眼泪了。这是大都市无论如何都无法看到的风景，我随手一抓，萤火虫竟然成了我的"囊中之物"，这在我想象中，却又出乎我意料。

平时马路上的流浪猫、流浪狗看到人都显得很亲昵，一派人与自然的和谐氛围，也证明没人去伤害它们。没想到连萤火虫也那么温顺、听话。寂静的黑暗中萌生一种想翩翩起舞的冲动,我还得为它再找几个舞伴,我知道这样做很不好,但还是抵不住诱惑,在心里编个理由:只是让它们换个地方,不伤害它们。我用餐巾纸包了3只带回了家,想把它们"动迁"到家门前的小树林里,它们能安居的话,我就能每天享受仙人的感觉了。可是,没想到睡觉前把灯一关,萤火虫竟然在房间里飞舞。哈,它们是怎么飞出来的?喜欢飞就飞吧,真想哼哼歌,吃吃桃子,像神仙一样。

今天早上只有一只乖乖地在盒子里,另外两只我怎么也找不到了,但愿晚上再飞出来。我只能把那只听话的放到门前的林子里去了,晚上还能飞出来吗?也许它又会飞回去,一只总是有点寂寞的。

5月28日

39. 忍受自然带来的煎熬

世上的事情总是一分为二的。不是所有的虫子都像萤火虫那么讨人喜欢，令人感动。有优美的自然环境，当然也会有令你很讨厌的"副产品"，那就是不请自来的蚊子和各种虫子。此事自古难全。

我生来睡觉不太会被惊醒，但对蚊子却又异常敏感。所以我上海的新房间里就有圆顶蚊帐，来玩的人都说我的房间像公主房，但我知道，那不全是装饰，更多地是为了保证我的睡眠。可是在这小岛上是买不到圆顶蚊帐的。我只好买了很多杀虫剂、蚊香。蚊香我嫌它有味，杀虫剂基本没味，但只能杀蚊子却没有驱蚊的作用。总之，非常令人头疼。

比蚊子更可怕的事情终于发生了。昨天半夜又被蚊子叫醒，开灯想找蚊子。小岛上的蚊子和大都市的蚊子相比要老实得多，反应也迟钝得多，所以比较容易找到，拿杀虫剂一喷就不动了，一般可以安心睡到天亮。可是，昨晚开灯后我看到的不是蚊子，而是我有生以来第一次见到、有10厘米左右的蜈蚣在地上爬。我大惊失色，拿起杀虫剂就喷，一路追着喷，从房间追到走廊、玄关，它终于卷起来，但还是不停扭动，好顽强的生命力。我只能一直等，等它不动了，用张较厚的广告纸

东瀛 700 天

小岛日记

将它包起来扔进了垃圾箱。这时我感到自己手脚发麻，浑身瘫软，早已没了睡意，也不敢再睡了。一向以为自己蛮大胆、所向披靡，第一次意识到自己竟然那么怕虫子。幸亏刚来时因我的一句玩笑，学校为我买来了床，否则后果不堪设想。

一早到学校赶紧请教对付蜈蚣的良方。据说因为小岛上到处是山坡和树林，所以蜈蚣是很多的，邻居家也大都出现过，药店里有专门杀蜈蚣的药。网上一查更是吓人，蜈蚣有毒，甚至可以致命，赶紧去药店买了两大罐针对蜈蚣的杀虫剂。又因为昨天过多的杀虫剂使眼睛都有点异样感，还买了眼药水。

我问了很多关于如何防虫、驱虫的问题，临走时药店老太太送我一盒餐巾纸，原来她觉得我与她说了很多话，向我表示感谢。想想好笑，又不是我讲课，竟然还付我学费。怀着愉快的心情，回去要与蜈蚣决一死战。

5月29日

40. 有点神经质了

　　昨天一回到家就开始喷药，药店老太太说这种药不仅有杀虫作用，还有驱虫、防虫的作用。我认真地里里外外、上上下下、左左右右，榻榻米的每一条缝都喷到了，然后就坐在床上看电视。开着灯，眼睛不时地看一下昨天发现蜈蚣的地方，据说蜈蚣是一对一对生活的，想想也是，出现了一条，那就还会有一条，所以我得守床待蜈蚣。可直到东方放明，小鸟欢乐地歌唱，蜈蚣也没有出现。

　　经过这两夜的折腾，人已明显憔悴，脑袋晕晕乎乎的，看样子我难以继续坚持了。但也总不能与蜈蚣共眠吧，我想最好是蜈蚣能和我妥协，它不再出来了，我也不喷杀虫药了。我祈祷蜈蚣已被大量的驱虫剂"吓跑"而动迁到了别处，今晚我要睡觉，不然被打败的就是我了。

　　这几天已经有点神经质了，小岛的美丽风景已不再吸引我，脑袋里想的不仅是蜈蚣，还一再出现在博物馆前马路上看见的那条呈8字形的大蛇。想起前几天一条蝮蛇出现在学校的鞋箱前，女同胞们大惊失色，涉谷老师勇敢地用夹子抓住了它，但又把它装在瓶子里放回了小树林。

　　我生气地问他："你不知道蝮蛇是有毒的吗？"

他却笑着说:"这还是条小蛇,很可怜的。"

啊,典型的现代版"农夫与蛇"。

今天一起床就发现厨房淡黄色的地板上有只黑色的大蜘蛛,之前滨砂老师和我说过,天暖和了房间里还会出现大蜘蛛,果然不邀自来。我拿起杀虫剂就喷,可是任凭我注水般地喷洒,蜘蛛纹丝不动,太奇怪了,怎么不挣扎一下?我壮着胆轻轻地走过去,拿根一次性筷子拨它一下,也不动,仔细一看,啊呀!原来是不知从哪里跑出来的一个干枯了的番茄蒂,虚惊了一场。真是有点神经质了。

6月2日

41. 学生的邮件

今天,到学校一打开电脑,就看到了上海学生发给我的邮件,附件是他们近期出的两张彩色的小海报,题目是《师恩难忘》。上面刊登着我出国前给他们上最后一堂课的照片,以及和他们在学院门口友谊林一起照的相片。我手里捧着一只大塑料瓶,大瓶子里面装有26只小瓶,每一只小瓶里有3卷小纸条,每张小纸条上有同学们写给我的临别赠言。我费了好大的劲,读着他们那一颗颗纯朴的心。就是那些小纸条,曾让我笑,让我流泪,让我后悔平时对他们太严厉,又让我体验了当老师的幸福。

现在的学生都像电脑专家,更有高手在内。在上海时每一学年结束,他们都会送我一张碟片,封面是我和他们的彩色合影,里面有每一位同学的寄语和生活照,音色、图像制作绝不亚于专业的。

今天我又看到了那些照片,看到海报上那篇情真意切的文章,看到了他们写给我的家书般的电子邮件,告诉我这次朗读比赛他们得了第一名,我开心地笑了。我告诉身旁的老师,告诉壹岐的学生:"我教过的班级得了第一名。"

在远离祖国、远离家人、远离上海的学生,一人在异国他乡的今天，看着这些文章、照片，看着学生们的笑脸，在上海的一幕幕像走马灯似的浮现在我的眼前。

说真的，现在他们比我儿子还讨人喜欢。儿子一方面是工作关系，网上难以碰到；另一方面也是我教子无方，宠得他也是属于独生子女的享受型，自从有了女朋友，更是顾不上与父母交流了。倒是学生们，今天这个给我发一封邮件，明天那个又和我在网上聊两句，诉说他们的故事，也俏皮地说他们很想我。呵呵，他们成了我一人能在异国他乡愉快生活的精神支柱了。

很感谢他们。分别后还被人思念真幸福。

6月3日

42. 在日本问路

看地图，我住所的附近就有温泉。周六休息，想去探探险。可是我就近转了一圈没有发现温泉，岛上本来就路人稀少，也没人好问。星期天我去超市，路上看到有一位中年妇女走在我的前面，紧走两步赶上了她，顺便问她一下温泉在哪里。她告诉我要往回走，一直走到三岔路口往左一拐就到了，还说可以先领我去，然后再去做自己的事情，当然我婉言谢绝了，但还是很感动的。

日本公路、车站码头的路牌都标得特别清楚，但门牌却特别难找，不像中国城市，一条马路，顺着号码从小到大，让人一目了然。他们像中国的农村，分隔成一个一个地块，只知大致方位。所以日本人在告知地址的同时，都会画一张简易地图，标出附近的醒目标志，这也成就了日本人的画地图技术。

近年来只知道地址问题也不大，到时用手机联络就可以，以前只能"不耻下问"。在日本我问过好几次路，除了在东京，无论在大阪、京都还是长崎、壹岐，每次问路他们都会热情地带我到目的地。其实有时候就在附近，只要用手一指就行了，但对方还是会把你领到门口或和你一起找。

服务行业更不用说了，儿子来日本时，眼镜掉了一个螺丝，我和他上百货商场，看一个店员在整理货架，我上去问眼镜柜台在哪儿。她马上放下手中的活，满脸堆笑领我们去了眼镜柜台，直到和那边的营业员衔接上后才离开。螺丝配好后，儿子问店员做模型的工具在哪儿时，营业员又马上在前面带路，笑眯眯地半弯着腰为我们开路。儿子不好意思了，觉得告诉一下或手指一下就行了嘛，可他们却认真得叫人钦佩。

　　他们把对别人的帮助看得非常重要，也许这样的小事也体现了自身的价值和修养，但我更觉得这是一种和谐社会良性循环的重要组成要素，别人对我都这么热情，当别人需要我帮助的时候我能不热情吗？所以在日本我总有一种想做点好事的冲动。

6月5日

43. 被信任的感觉

　　一天除了上课，基本上就是坐着——上班在电脑前，下班在书桌或电视前，深感运动不足。最近总觉得没力气，稍微一动就感到很累，更没有早起跑步的毅力，于是决定下班从温泉那里绕道散步回家。

　　没想到一散步还真发现了新大陆，在温泉大门口和拐弯处各有一个无人售货亭，后来我在小岛上又碰到过很多这样的售货亭。亭子里摆放着附近居民自己种的各种蔬菜，有时还有水果，或一包或一扎，除了特别标明价格的，每样100日元。小亭靠右边有一只小木箱，上方有个小口，可以把钱扔进去。价钱好像比市场上便宜，最主要的是有我喜欢的青菜，赶紧拿了一枚百元的硬币扔了进去，因为旁无一人，更有一种受信任的感觉，这种感觉是很舒服的。

　　日本的超市也是自由进出的，收银台在超市的一边，而收银台的外面也是商品，另一边顾客可以随便进出选购物品。记得在京都我第一次到超市买东西时，推着小车顺着商品走着走着，走到了超市的大门口，一抬头我自己吓了一跳，怎么没付款就跑到门口了呢，赶紧往收银台跑，唯恐别人把我当小偷了。可后来我知道了，日本就是这么随便进出的，最后自己去

东瀛 700 天

小岛日记

付钱就是了，被信任的感觉真好。

记得小时候上海大多数人家的后门都是开着的，我们小孩子可以随时去玩，很少听到被偷盗的事件。现在不仅有电子防盗，还不时提醒人们要有防范意识，想想其实是很悲哀的事。

在上海装修房子时，我就不愿意装防盗窗，至少不要安装像牢笼一样的不锈钢栅栏防盗窗，就是想方设法在心里营造一种和谐的氛围，寻求一种互相信任的感觉。

 6月8日

44. "藤川流"的弟子

今天下午没课,决定去国松饭店享受一下,我的欢迎会就是在那里举行的,味道很好,花样也很多,总之印象不错。

中午人不多,进门左手的榻榻米上坐着一个人,有点面熟,原来是《西日本新闻》的山下记者,我刚来时他曾经对我进行过采访、报道。他显然也认出了我,热情招呼我坐他的对面,我和他说起了星期天在文化大厅看到的日本舞蹈,很有吸引力,据说"藤川流"的师傅就是国松饭店的老板娘,并表示我也想学,回国后教我的学生。他听后满脸堆笑道:"没问题,老板娘是我的朋友。"

说罢,他招呼老板娘过来,说起了我的事。老板娘满口答应,表现出很高兴能为国际交流做点事的姿态,并告诉我他们每周四晚上8点在文化馆练习,今天晚上可以去见习。听说是晚上,我有点胆怯,害怕的倒不是治安问题,小岛本来治安就很好,再说我这个傻乎乎的"欧巴桑"也没什么好害怕的。但是虫蛇却不论男女老少,一视同仁呀。我亲眼见过马路中间呈8字形的大蛇和出现在房间里的10厘米长的蜈蚣,现在想想都心有余悸。老板娘安慰我说不要紧,让人送我回来,真是好人。

于是，晚上7点我已不在家了。壹岐的小街白天都人烟稀少，晚上更难见人影，而咖啡店门口，却围了一堆外国人正高兴地谈论着什么。天天上班坐在我旁边、住我对门的雷兹利也在其中。欧美人还是很开放的，都大声跟我打招呼，我向他们问好后，大步走向文化馆。

说是8点，其实先是小孩的练习，轮到我们大人要9点开始，确实晚了点。不过，今天我不仅看了，还跟在后面学了，虽然跟不上，但我一直陶醉在学习的氛围中，又有一种仙人的感觉了，我想我会学会的。他们都很亲切，师傅还送我一把练习用的扇子，鼓励我明年2月份登台表演，最后还喝了茶，吃了蛋糕。临走时师傅又吩咐人送我这个新弟子回家。到家后虽然有点累，但感觉有一种充实的幸福感，仿佛离日本文化又近了一步。

 6月9日

45. 街道图书馆

下午没课,决定去图书馆看看。

在去文化中心的路上要经过一个图书馆,那就是我居住的乡之浦街道的图书馆。一幢两层的小楼,进门有两张大桌子,旁边有两个报架,有人坐在那里看报。左边像柜台一样围了一圈,里面就是图书管理员的工作场所。

工作人员一共只有两位,分别坐在两台电脑前:一位是30多岁的女士,非常有亲近感,会不失时机地和你聊上两句家常话;另一位是50多岁的男士。两人负责图书馆所有的工作。这时来了一位推童车的妇女,管理员马上站起来去帮着推门,一边又亲切地和她小声聊了几句。

右边是书架、桌椅和楼梯,楼梯下还有需要装订的报纸。尽头是一个铺了地毯的儿童活动场所,有位妈妈和孩子坐在上面看漫画讲故事。旁边是可以放录像带、听音乐的电视音响组合,前面挂着耳机。

二楼中间摆了几张桌椅和沙发,除此之外就全是书架了。我兜了一圈,发现藏书还不少,找了两本下楼了。管理员一看我走近,马上笑脸盈盈地站到柜台这儿来了,拿出一张卡片、一支笔,让我把名字和书名填上,然后把卡片竖放在一个小盒

东瀛700天

小岛日记

子里,对我一鞠躬,说了声"谢谢",示意我可以拿走了。因为是第一次去那里借书,我想总得出示证件,填写一张表格,办张借书证吧,可什么也不用,当然也不用付任何费用,不过桌上有一块牌子上面清楚地写着借阅时间为两周。

她还告诉我,如果有需要看的书,这个图书馆里没有,他们可以从别的图书馆调过来。

 6月17日

46. 值钱的脑袋

来岛也有两月有余了。我的头发就是最好的见证，长长地拖过了肩。天渐渐热了，我觉得不舒服，决定下班后去理发店修剪一下。

出校门一下坡就有一家理发店，可是不巧，店内的唯一一名理发师正在为一名女顾客烫发，说要等一个小时。耐心经不住考验，我马上打了退堂鼓。

再往下走，信号灯前还有一家，我走进去了，像是夫妻店。两个理发师中女的空着，我在她示意下的一张空椅子上坐下，告诉她洗一洗修剪一下。她听完一点头，就在我眼前镜子下面像变魔术似的抽出了一个五脏俱全的洗面台，让我弯腰洗头。在上海我都是躺着洗头的，在这儿还要弯腰洗头，虽然水温手势都很舒服，但舒适度还是无法与上海比。

修剪头发和上海没有什么区别，发型也不太合我的意，修去了发梢的卷曲，完成了一个老太式的短发，但不管怎样，觉得清爽不少。

5年前我在京都时烫过一次发，理发店正搞促销，只花了3 500日元。小岛物价高，又没搞促销，我已做好了心理准备，但是只修剪了一下也不会贵到什么地方去吧。到账台一付

东瀛 700 天

账,她告诉我 3 800 日元(合人民币约 250 元)。在这儿修剪头发算是二百五吗?

物以稀为贵,到了小岛脑袋也需升点值了吧。

6月26日

47. 学生的课外活动

　　日本的学校非常重视学生的课外活动，将其称为"部活动"，视作培养学生修养的项目。要求也很严，高中生的部活动，简直可与专业相比。壹岐高中也不例外，除了考试期间，每天下午从3点50分开始训练3小时左右，参加的学生人数达到83%，体育部的学生更是双休日也来。

　　部活动按大项目分成文化部和体育部，文化部里又分为文艺、新闻、美术、演剧、吹奏、书法、电器、照相、英语、社会、茶道、插花、烹饪、广播、化学、生物等。体育部里又分为棒球、垒球、排球、篮球、乒乓球、柔道、剑道、田径、足球等。老师担任部活动的指导教官，有的部还要外请老师一起活动，比如插花部就外请了一位持有插花资格证的老太太。4点以后，剑道部的训练声传到了我们办公室，一开始我还真为之一惊，后来也习以为常了。

　　想想自己来自乒乓球王国，上小学时也曾喜欢过乒乓球，最近每天对着电脑看论文，感觉身体需要调节。下班后我去了乒乓球室，乒乓球室设在一个小体育馆里，有8张桌子，里面4张是女同学的，外面4张是男同学的，每张桌子有三四个学生，或双打或单打，就像专业训练。我站在旁边看了一会儿，根本插不上去，但我下次一定得找机会小试身手。

日本国家小，体育却不落后，这和学校的总体条件有很大关系。学校有正规的训练场所和设施，有教师指导，时间上更有保证。

每个学生都有统一的运动服装，学校还有淋浴房随时可用，即使夏天汗流浃背也能冲洗干净回家。当然学生也一定会把用过的场所收拾整齐，打扫得干干净净才回家。感叹全校没一个清洁工。

6月29日

48. 工资袋中的"别袋"

前两天报道政治家、议员们打着考察的名义，外出豪华旅游用的全是公费。相比之下，学校、教师要规矩得多。学校会多税也多，每个人每月的扣款要超过10万日元，据说小岛的工资税是长崎市的3倍。幸亏我是外国人，也可能是因为工资低，好像没有3倍。除此以外，工资袋里每个月还有一张扣款的小纸条，称为"别袋"，就是支付学校的各项费用，比如校方出席的婚丧事、校方和学生家长的定期联络会等，这笔费用和自己参加与否无关。

在中国，如以校方、单位的名义接待的客人，中国人会把它看作工作，参与接待的人去出席接待客人的聚餐，根本不会想到要自己出钱，只要安排好饭店、车辆就行了，如果是工作以外的时间还有种加班的无奈之感。我无法想象中国员工的工资袋中出现为学校、单位支付费用的"别袋"扣款条时，大家会有什么面部表情。

可在日本就不同了。比如学校要欢迎来访的客人，让相关老师作陪。尽管这些老师是为校方而做的接待工作，包括制订日程表、和各方联络、预订饭店、安排接送车辆等动脑又费力的工作，可是会餐时还是要按人头自掏腰包。

他们认为公立学校的运营是靠国家的税收，教师是公务员，公务员是不能吃公家的，每次会餐都要在进门的时候付钱，而客人们的费用就要在全体的"别袋"中分摊了。

以前，在日本商店购物，结账时要在标价上再加百分之五的税金。这样一方面算钱时麻烦，另一方面，比如看价格1 950日元，可到账台付钱时就变为2 048日元，消费者会产生不愉快的心情，于是从去年开始普及了税金计在标价内的方式。

日本人奇怪中国人工资不高，日子却过得如此滋润。中国没有那么重的苛捐杂税，私人不会为公家请客而掏腰包。

6月30日

49. 壹岐市长

日本的市政府大楼没有那么森严的壁垒。日本的县相当于中国的省，县的知事相当于中国的省长。据说一进长野县的县府大楼就可看见用玻璃隔开的大办公室，那就是知事的办公室，人们可以清楚地看到知事的办公状态。

宫崎县的县府大楼现在成了旅游热点，每天有很多人在早上8点和晚上6点等在那儿，那是知事的上下班时间，他会和每一位游客握手。

壹岐市长更可以说是我见过或听说过的市长中最平易近人、最平民化的了，有一种他就在你身边的感觉。记得刚到壹岐时，学校的事务长和教务长带我去市政府见市长，这是我第一次见到市长并和他交谈。没想到在欢迎从别的地方到壹岐高中来上学的4名

离岛留学生的欢迎会上,又见到了他。

黄金周我去福冈看庙会,而走在壹岐游行方队最前面的竟然又是市长大人。以后,不论是文化中心的紫阳花节、天崎公园的市民催眠曲比赛,还是壹岐高中的体育节、毕业典礼,市长总会出现在主会场上。

在壹岐,市长总在你的身边,这就是小城市的好处了吧。

7月1日

50. 小岛的摆渡船

今天是富士山的"开山"日,每年的这个日子拉开登山季节的序幕。

这几天学校正处于期末考试阶段,不用上课,所以比较轻松。再加上天气好,周末我又去福冈同学家享受家的亲情了。临走时同学又给我这个给我那个,大包小包的。他们开车送我,一路畅通,安全抵达福冈船码头。

高速船只能坐,而摆渡船是能睡的,只是要多花一小时。而摆渡船的船票只有高速船的一半,岛上居民要是没有什么急事,一般就乘坐摆渡船,我也不例外。

摆渡船一进船舱就是一个大厅,左右两扇门通往各个舱位,中央是楼梯,一边是小卖部、小游戏房,另一边靠墙是一排扶手,扶手上有很多绳子,不想搬上搬下的行李可以系在这里。我肯定属于不想搬行李之列,往那儿一站,热心的船员马上过来帮我绑好,我就两袖清风地下舱去了。

船舱被分割成几大块,中间是两条走廊,前后各有一台电视,高15厘米的地面上铺着地毯。船在航行途中可以借毛毯,50日元借一条,舱内有海绵小枕头和一次性的纸枕巾,所以可以舒服地躺下。大船稍有点起伏的感觉,就像婴儿睡在摇篮里，两小时的航程不但不会觉得累，反而有养精蓄锐的感觉，睡一觉也就到了。

　　经过休整的我，精神抖擞，走出船舱，外面阳光明媚。我朝一辆出租车走去，忽然听见有人叫我，正奇怪呢，看见事务长坐在一辆车里正使劲地向我挥手。原来今天有一位英语老师来访，事务长带客人来船码头参观，正好看见了我。热心的事务长让我上了他的车，先把我送到了家。好幸运！

 7月2日

51. 黑暗的一天

日本人习惯于相互问候、打招呼,在学校里更不用说了。

但今天进校来,我在换鞋时和一位老师打招呼,她竟然面无表情压低嗓门回了我一句。虽然觉得有点奇怪,但也没太在意。

上楼进办公室,我说了一声早上好,大家也都沉着脸,压低着嗓门回礼,没有了往日的亲热感。生性迟钝的我也感到了空气中的异样,觉得大家今天有点怪怪的。但也没多想,坐到了自己的座位上。看到桌上放了一张关于学生死亡处理规则的印刷品,我和旁边的涉谷老师说,怎么给大家发这种印刷品,太不吉利了。

他告诉我:"相马君死了。"

我说:"你说什么?"

他又说了一遍:"相马君死了。"

这次他是红着眼抽泣着说的,说完就低头哭起来了,我又问:"怎么死的?"

"昨天在大海里游泳淹死的。"

这下我感到世界凝固了,眼泪也哗哗地流了下来。

今天早上我没有听广播,反应也迟钝了一点,可谁又会想到会有这种事情发生呢。现在正是考试期间,而且气温也没到可以在大海里游泳的时候呀!我不断地对自己说这不是真的,搞错了吧。

早会时,校长简单叙说了一下经过,这时我才注意到今天校长和好几位老师穿黑西服,系着黑色领带。日本重大场合都穿黑色服装,但领带颜色不一样,喜事是白色的,丧事是黑色的。

相马是我们中文班的三年级学生,父母都在福冈,是为了学中文到小岛上来的离岛留学生。虽然生在日本,不会说中文,但他是中国籍,是抗战胜利后日本人留在中国的"残留孤儿"的孩子。"相马"只是他在学校用的日本姓,他有自己的姓,是个很内向的孩子,上课话也不多,上黑板写错了会腼腆地一笑,然后再换支红粉笔把它改过来。今天我脑海中浮现的全是他那一笑。

7月4日

53. 日本"残留孤儿"的子孙

三年级中文班有个叫"北浦"的女同学，是个爱笑、爱说的班级开心果，其实她也和相马一样，是个日本"残留孤儿"的孩子、中国国籍。"北浦"只是在学校里平时使用的日本姓，她有自己的中国姓。

日本"残留孤儿"其实是很惨的，战争结束时，被日本父母遗弃，中国东北的老百姓收养了他们，多数在农村。现在回到了日本，大多没有学历、不会日语，只能做一些计时工。而他们的孩子在日本长大的，又只会日语了。

我和校长一起去家庭访问，一方面我是他们的中文老师，同是中国人有些事容易沟通，另一方面因为学生家长还不能自如地用日语进行交流，我要充当翻译。

我们这个班是上海市和长崎县的友好项目，毕业后可以直升上海外国语大学留学生院学习。招生时是这样介绍的，学生、家长以及校长也都是这么认识的。但现在出现了没想到的问题，由于日本"残留孤儿"的子女是中国国籍，不能作为外国留学生去上海外国语大学深造，要和普通的中国人一样参加考试。可是，由于他们从小和父母来到了日本，有的甚至是在日本出生的，连中国话都说不好，怎能和中国孩子一起参加考试呢？肯定不行。

校长也感到了责任重大，经过和上海方面的多方联络，给出的答案是要么和中国人一样参加考试，要么改变国籍。今天去的目的就是要和这些学生家长沟通，早日定下学生的方向。

北浦家在长崎市一个山坡上，说是两室一厅，我看全加起来也不足20平方米。父母请假在家，准备了好些水果糕点，我想这种昂贵的网纹瓜，平时他们是不会买来吃的。一看就觉得是非常纯朴的中国农村人，只是矮小的个子不像我印象中的东北人。

当校长把情况说明以后，他们表示已经商量过了，他们不愿意改变国籍，如果去不了上海，准备在日本的大学里学习中文。平静的话语里充满了坚定，让我肃然起敬。生活环境变了，但他们的心没有变，眼前矮小的个子在我心里一下子高大了许多。

 7月5日

54. 三浦家的姑娘

和校长去长崎的学生家家访，顺便去了三浦先生家。三浦是位医生，也是业余中文班的学生。我很喜欢三浦家的两个女儿，10年前我被派往长崎活水女子大学任教时，她俩还只是小学生。那两个孩子说不上特别漂亮，但对人非常亲热，自觉和我特别投缘。

那时，每次去她们家，她俩会拿出很多自己制作的手工作品，作为礼物送给我：一堆纸叠的彩色挂帘，珠子串起来的胸针、发夹，门上挂的圣诞圈等。她妈妈说，一听说我要去，她俩就兴奋了，已经忙了一个星期，真难为她俩的一片心意。我开心地捧回住所，把荷兰坡的屋子装扮得五彩缤纷。

还有一次我去她们家玩，她俩刚学会骑独轮车，就在家门口练。我叫她们回家吃饭，并故意用了简体的命令形，她俩听了一愣，随即把独轮车骑到门口放好。进屋后，两个人站在我的面前，给我一鞠躬，然后面部表情非常严肃，异口同声地对我说："吴老师，你太过分了！"

我笑得前仰后合，她俩却始终噘着嘴看着我。

儿子放假来日本，去她家玩时，告诉她们，中文全是汉字，她俩吃惊地睁大了眼睛，感叹中国人太了不起了。据说后来大女儿还将这一点写在作文里,得到了老师的表扬,作文被张贴在教室里,全班像发现了新大陆,都为之惊叹。

5年前去她们家,她俩已经是中学生,也许是青春逆反期吧,隐约感到和我有了距离感,不像小时候那样缠着我玩了。

今天又见到她俩,好像又有了小时候的亲近感。一个大一、一个大三,两个大学生了,头发已染成黄色,一看就是化过妆了,和我也有说不完的话。

10年前我住在长崎,去她们家时都是白天。5年前去旅游,机票带住宿的,我住旅馆。这次留我住她家,大女儿要我睡她的房间,告诉我她晚上要在罗森便利店打工,我想当然地认为她做夜班,便心安理得地在二楼她的房间里舒服地睡了一觉。

第二天早上,发现她睡在一楼客厅的地板上,孩子睡着的脸蛋最可爱,突然感到有个女儿真好。

7月6日

55. 日本的早市

三浦先生很自豪地对我说,他们这里有早市,早市上的东西多数是农民自己种的果蔬和自己做的食品。今天早早起床,就是为了赶早市,因为过了点就没有早市了。听说要去早市,80岁的奶奶也早早起床了。

其实乡之浦也有引以为豪的早市,我去过一次。要是和国内比的话,也就是城管一直要取缔的马路小菜场,有那么几位老太太拿了一些蔬菜和爆腌鱼设几个摊而已。

车开了有15分钟,碰到一个早市,也就20平方米的一间小房,里面放了一些蔬菜和水果,门口放了一些花束。依我看,这种小早市实在是不足挂齿,比上海的任何一家小菜场都要小,而且也没有任何让我感兴趣的东西。

见我没什么反应,三浦告诉我,再过10分钟的车程,靠海边还有一个较大的早市。上车继续走,果然,过了有10分钟左右,来到了一个较大的,但也大不过50平方米。也许是去得有点晚了,顾客没几位,商品也所剩无几,看着有点像是卖剩的。不过我发现了一样好东西——久违的无花果,大而新鲜,我赶紧拿了两盒,又拿了两盒乡下的团子。其实这团子还不如城里糕点铺做得好看,但是盒子上面歪歪扭扭地一写上姓名、住址、电话号码,就有了一种莫名的农家味和信任感。

从早市商店出来,一行4人又沿着海边,散了一会儿步。清澈的海水,清凉的海风,海边的快艇,远处的小岛和星星点点的渔船,真是令人心旷神怡,美不胜收。我觉得这远远胜于逛那不成市的早市,一下子又兴奋起来了。

而三浦先生显然不知我兴奋的原因,以为是我买了无花果和团子而高兴呢。开车回来的一路上,还不断地和我介绍,早市在不同季节还会上市不同的农产品和糕点等等,我也只能不断地点头。

 7月7日

56. "幽默"的教务长

学校的最高层由校长、教务长、事务长3人组成。教务长就相当于我们的教务主任，全面负责教学工作。大办公室的中央尽头就是教务长的桌子，每天除了忙自己的工作外，还注视着全体教师们的忙忙碌碌。

每天的早会要全体起立，都是由教务长宣布开会，校长向大家问好，然后由主任讲今天该做的大事，再由相关老师讲话。校长很少讲话，只是说两句寒暄语，会议15分钟内结束。

好在不论大事还是小事，一般都和我无关，我只是礼节性地站起来，和全体一起，回校长一声"早上好"。结束时，教务长会说一声"今天也请多多关照"，大家也都会再一次起立、鞠躬，回一声"请多多关照"。这一结束步骤，我经常省略了，主要是我觉得多余，而且，我离得较远，大家都背朝天、眼朝下鞠着躬，我点一下头就混过去了。

今天坐在我旁边的英语老师来晚了，我们开完早会后她才来。我根本没当回事，本来大学老师就是不坐班的。可是，有人还真当回事了，就在我们喝咖啡时，教务长走到了我们这一排办公桌前，笑眯眯地对着我旁边的英语老师说："雷兹利老师，'睡懒觉、睡过点了'用英语怎么说？"

办公室太安静了,胖胖的雷兹利老师一下子脸红了,支支吾吾地不知如何是好。

眼前的一幕让我也憋得满脸通红,我觉得教务长幽默得实在好笑,可是这种状况,我又不能笑出来,手举咖啡杯硬是忍着。回到家后,我想想就好笑,着实大笑了一场。其实,有时我也迟到,有朋友来小岛,我还有一整天不去学校的时候呢,教务长一直对我是客客气气的,出差回来还经常送小点心给我,也许是同龄人网开一面吧。英语老师是年轻人,可能需要严格要求。

呵呵,迟到的代价好沉重啊。

 7月8日

57. 小岛的无线广播

　　每天早上7点、中午12点和下午5点，小岛的任何一个角落，都会响起3种不同的音乐。那就是小岛的广播喇叭，除了报时以外，还时不时会播送一些通知、注意事项等。让我想起上中学时的下乡劳动，中国农村也都有这种广播站，广播一些当地的通知、新闻、天气预报。白天还播放农民喜爱的戏曲，在整理农具的农民和在院子里晒太阳或乘凉的老人们，都会跟着广播摇头晃脑地哼哼，这种广播对农村人来说，已成了生活的重要一部分。

　　在小岛上又让我重温了这种久违的温馨感觉，只是这里白天不播放戏曲，逊色不少。前几天，广播响了，说有一个90岁的老人失踪了，身高、发型、穿什么衣服什么鞋，望有见到者联系，播送了好几遍。第二天上午又播送了两遍，中午时分广播老人找到了，就好像自己家的老人被寻回来一样，大家总算有了一种安心感。

　　广播中播得最多的是消防队救火的报道，在某某地方，几点几分发生了山林火灾，过一会儿又广播了，火灾已在几点几分被扑灭了。还有就是小岛举办什么活动啦，刮大风啦，飞机、轮船停航啦，都会广播。广播也是小岛人生活的一部分。

但这种广播也不是人人都喜欢的。为了让家家都能听到，所以音量很大，家住得离大喇叭近的，那就是噪音了。校长夫人说她刚来小岛的时候，经常被这突如其来的声音吓一跳，声音太大了。

京都的和服店到我们小岛来推销和服，来我们舞蹈班推销时说："我受不了了，要赶快逃回京都，早上正是做美梦的时候，突然响起了大喇叭声，好讨厌啊！"推销员住的旅馆门口就是大喇叭，是啊，城里人受不了。

不过我的住处好像还好，听是听到的，大概离得远，我想睡的时候从来没有被惊醒过，所以我好像还没有过讨厌的感觉。广播把小岛的居民连在了一起，像个大家庭，我倒觉得蛮亲切的。

7月10日

58. 像樱花一样离去

广播又响了,又在报哪里发生了山林火灾,半小时后又报火已经被扑灭了,我很庆幸地和涉谷老师说:"广播作用真不小,要是没有广播,昨天那个失踪的老太太也许还没找到呢。"

可是,他却告诉我一个完全出乎我意料的消息,说那个老太太是自杀,在水池里找到的只是遗体。我像是当头挨了一棒,一下子给打闷了。

日本是世界上屈指可数的自杀大国。日本自古崇尚武士道,要像樱花一样死去,短暂而美丽。但当今自杀的主要原因,已不再是武士道精神了。

根据调查,日本人自杀原因排在第一位的是疾病,超过了30%。在总人口只有3万的小岛,据说平均每月有一人自杀,那个老太太就是其中之一。随着少子老龄化的加重,这个百分比正在不断地上升。连续13年列日本自杀率第一的县——秋田县,就是老龄化最严重的县。

第二个超过30%的原因是经济问题。日本自杀的高峰是1999年,那是泡沫经济破灭最严重的时期,这几年日本经济也不景气,个体经营者自杀较多。

剩下的超过20%的原因是家庭、单位的人际关系问题。

日本人很重视人际关系,重视别人对自己的看法,又不善于发泄,最后就选择了自杀。

针对居高不下的自杀率,日本政府于2006年制定了《自杀对策基本法》,要以法来遏制自杀。最近媒体上炒得沸沸扬扬的后期高龄者医疗问题,让老人更感不安。我觉得还是给老人一个安定的生活保障,生活上多关心一点,能就近看病,少点疾病的痛苦,会比法律更有效吧。

还有一个奇怪的现象:如果中国人去看望病人的话,会说"你好好休息",可日本人去看望病人会说"你好好加油"。都已经病倒了,还加什么油呢?可能是鼓励病人战胜疾病,但我觉得是否会让病人或老人觉得太累了?

7月12日

59. 日本人的礼仪

日本人说得最多的一句话是"对不起"。其实很多场合在我们看来并不需要说对不起,里面没有抱歉的意思,仅仅相当于中文的"请问",但日本人要说"对不起",他们认为是打扰别人了,给别人添麻烦了。

一到上下课时间,老师们相继进出大办公室,中午45分钟的吃饭时间,一个接一个地去开水房泡茶、冲咖啡、洗饭盒时,都会互相谦让,不绝于耳的就是"对不起"这句话。

说到日本人的礼仪,大概人们马上想到日本式的鞠躬吧。其实鞠躬只是日本式的打招呼,相当于我们的握手,按以前日本人的礼仪准则,没有特殊的理由而接触对方的身体是失礼的。当然随着国际化的深入,日本也有了改变,可形式上的鞠躬只等同于我们的握手。

日本人的礼仪是:其一,不给别人添麻烦,设身处地替对方着想;其二,相互问候,这是日本人的礼仪准则。

他们在评价或表扬一个人时都会说:"他很善良,是个关爱他人、不给别人添麻烦的人,是个见人就问候、有礼貌的人。"

日本人把这两点看得很重。

他们从小受的礼仪教育,主旨是对人有关爱,尽量不给别人添麻烦,要大声问候。这一点也包括在学校、家庭成员之间。

联想到学生每天做完各项活动都会把活动场所打扫得干干净净,就是因为有这个大环境,耳濡目染是最好的教育。日本的犯罪率也不低,每天都有报道,但至少在公共场所,无论是坐电梯还是车站码头,我从来没见过有人拥挤吵架,都是"温良恭俭让"的,嘴里不停地说着"对不起",让人感到生活在一个很平和的环境中。这种感觉是很舒服的。

 7月14日

60. 理性家长

三年级中文班的男生相马君的溺水事件，已经过去将近两周了。校长决定和我一起去福冈进行一次家访。我也只能带好手绢，事先做好了挨骂的思想准备。

福冈的同学开车来码头接我们，并把我们送到了学生家。相马家住在市营的公寓里，相当于我们现在正推行的廉租房，是套三居室的住房。进门是厨房带餐厅，客厅已经变成了灵堂，中间一张大照片，周围摆满了花篮和学生们折的纸仙鹤及送别卡片。我一看到那照片，眼泪就情不自禁地流了下来。校长和我相继敬了香，倒是他的父母忙着给我们沏茶、冲咖啡，也许为了分散那悲伤的心情，也许泪已经流干。据说他妈妈赶到医院抱起儿子的身体时，那孩子身上的心脏监控器还没拿掉，身体一动监视器的线条又动了一下，他妈妈疾呼医生快来抢救："我儿子还没死！"

他父亲给我们讲起了他们是怎样来日本，怎样有了现在的这两个孩子，又是如何知道了壹岐有中文班，把孩子送去学中文的心情，以及孩子每次回来给他们讲的学校的各种趣事。他的叙说是那么平静，充满了对学校、对房东的感激之情，并对自己由于悲痛没能及时去壹岐表示抱歉。

最后，他父亲说孩子的奶奶现在还在上海，前一阵身体不好住院。当听说大孙子要来上海外国语大学学习时，马上要求出院，精神百倍，一点病也没了，并说大孙子来上海学习的话，学费由奶奶来付，现在正盼着呢。他们现在最犯愁的是不知如何向老人解释，一席话没说完，我和校长已泣不成声了。

要是他能有一点责怪、埋怨，我们还能好受一点，虽然学生是课外去大海游泳溺水身亡的，但学校多少总还是有点责任的吧，至少安全教育不够。可是他的父母自始至终都在感谢学校，感谢我们给他们的孩子在去世前带来了两年多的愉快时光。

多好的家长呀，悲痛也没有失去理智，又有多么宽容的一颗心啊。

7月15日

61. 光化学污染风波

上班的路上，看天空灰蒙蒙的，阴天，也没有在意，很正常，不可能天天是晴天的。可就在中午休息时，广播响了，报道今天有光化学污染，幼儿园、中小学停止一切户外活动，体育课在室内上。

办公室突然有了一种异样的紧张气氛，大家都在往窗外看，有的老师给家里打电话，让孩子赶快回家。

也许我来的时间长了，忘了我是中国人了，或者以为我不在，一位叫松川的男老师气急败坏地说："那肯定是从中国大陆飘过来的。"

当然，小岛离中国大陆近，有这种可能性，但在没有搞清楚原因前就这么断言也有点太武断了吧。这时，一位曾经去过北京、平日很和气、叫高日的老教师，大声地对松川说："你这么说是对吴老师的失礼！"

本来，松川说的时候有人没在意，这一下，办公室的几十双眼睛刷地一齐转向了我，空气好似凝固了。我非常感谢高日老师能这么说，但我说什么呢？面对凝固的空气我又必须说，我没法否定，也不能肯定，应该相信事实。我只能说："是否从中国大陆飘过来的，要看今天刮什么风。刮西风的话，有这种可能性；刮东风、南风、北风的话，和中国毫无关系。"

大家也似乎觉得我说的有道理，松川和高日也没有再发表什么意见，紧张的气氛好像缓和了，大家又开始各自忙自己的事情。

跨文化交流是何等的重要啊，来日本后的游客会改变对日本的看法，增加对日本的好感度。同样，来过中国的日本人也会改变对中国的看法。

不管污染的空气是从哪里飘过来的，环保已是全球共同的课题。

 7月20日

62. 校长家做客

校长请我和教务长去他家做客。这是我来小岛之后第一次去别人家里吃饭，日本人很少请人去自己家里的，一般都在咖啡店里会面。

校长请我去，证明他已经比较国际化了，也可能因为经常出国，和外国人打交道多而变得比较随和的缘故吧。

校长也住在学校的教工宿舍里，在另一个生活区，但走走也就5分钟的路。校长给我画了一张从我家到他家的地图。这是日本人的特长，我按图索骥，一路上也就那么三五幢房子，拐两个弯就到了。

我到时，教务长已经先来一步。校长夫人迎了出来，我递上了礼物，她则热情地招呼我进屋，一身主妇打扮，也没有日本主妇常规的浓妆，很好相处的感觉。

客厅很敞亮，靠阳台的一边放着好些盆花，靠里面的一边有个小柜子，上面放着夫人编织了一半的毛线披肩。我感到很温馨，马上有了谈话的内容。

客厅中央是一张长方形的餐桌，桌上已经摆好了佳肴，中间的大漆盒里漂亮地装满了各种寿司，显然是寿司店买的。旁边有好几样日本典型的小菜，那是夫人的作品。

日本基本上还是分餐制,所以我们在吃饭的时候,她好像一直在忙碌着。三杯酒下肚,话也越来越多,从中日的文化饮食到学校的琐事,笑声不断地传出屋外。轻松愉快的时光一晃就过去了,酒足饭饱,该回去了。

告辞的时候,我又担心起回家的路了,虽然很近,但途中昏暗的小树林里,很可能隐藏着令人害怕的小动物。我在玄关换鞋的时候,校长说送我回去,太好了,真感谢他的细心。

今天很愉快,在壹岐感受到了久违的家的感觉。

 **7月23日**

63. 机场的结团式

中文班的学生每年夏天可以去上海外国语大学进修3个星期，个人负担一半的费用，另一半由县里出。作为带队老师，我可以和学生们一起回上海。学生们都显得很开心，特别是那两个常缺课的学生，真有养足了精神的感觉，让我看到了课堂上他俩身上从没见过的活力。

一早，大家陆续到了壹岐机场，多是家长开车送来的，校长和教务长也赶来送行，互相寒暄了几句。从长崎飞来的飞机到了，在带队老师的指挥下，大家不紧不慢地移动着自己的行李，等待检查。

第二次坐这样的小飞机，一共只有36个座位，感觉和坐大巴士差不多，但终究是飞机，不到半小时我们已经在长崎机场了。我们和别的学校一起去上海进修的学生会合，在机场二楼的会议室里，举行了一个结团仪式。

日本人是非常重视仪式的，任何一次集体活动，都会有一个很认真、庄重的仪式，与会者的手里都拿着这次结团仪式的详细安排：地点、出席人员、讲话人员、讲话时间等。人手一册，心中有数，我抓紧时间给学生辅导自我介绍，临阵磨枪，至少也有点光。

东瀛700天

县教育委员会的相关负责人来了，报社的记者、摄影师也来了。照例是领导讲话，语重心长，学生代表讲话，奋进向上，然后每个人做自我介绍、表决心，仪式结束。最后是记者的个别采访，壹岐学校的学生果然比较"光亮"。

接着我就等着坐飞机了，其实我的心早已飞回了上海。

8月15日

64. 盂兰盆节

　　上海连续39度的高温,还要带学生外出搞活动,让我留恋起小岛海风习习的凉快来,回小岛好像是件很开心的事了。
　　夏天日本各地都有焰火大会,每年8月15日前后的盂兰盆节像新年一样,是全日本的传统节日,又称"魂祭""佛教万灵会"等,我想就是中国农历七月十五的"鬼节"吧。原是追祭祖先、祈祷冥福的日子,现在是家庭团圆、阖村欢乐的节日了。每到盂兰盆节,日本各企业均放假一星期左右,人们赶回故乡扫墓、团聚。在小镇和农村生活的人还要穿着叫"浴衣"的夏季单和服跳盂兰盆舞,城里的人则穿着"浴衣"去参加焰火大会。
　　三浦先生早早就来邀请我了,因他居住的长与町接近郊区,说他们那里的盂兰盆节特别热闹。那就去凑个热闹吧。
　　吃了早午饭后,他家的亲戚也来了,大家换上"浴衣",分坐3辆车浩浩荡荡地出发。主会场设在公园的广场上,进口的地方有人在分发纸团扇和活动指南之类的广告纸,我们也一人拿一把纸团扇进去了。一边的舞台上有人在表演,台下最多的还是传统的烤鱿鱼、烤章鱼丸子、捞金鱼等。这种事情最兴奋的是孩子。
　　不知什么时候音乐又起,盂兰盆舞开始了。舞台上有几十人围成一个小圈跳起来了，这好像是选出来的，跳得很专业，台下也重重叠叠地围成了一个大圈子，男女老少，会的不会的都跟着台上的人随着音乐一起跳。原来日本人的舞蹈功底就是这么训练出来的。反正天黑，我也混在里面一起跳。三浦先生像个摄影师，拿个相机跟着我们不停地闪着光。

不知跳了多长时间，刚有了一点感觉，突然听到"砰砰砰"的发炮声，天空骤然放亮，朵朵礼花在夜空中盛开，着实让人感动。这下让成年人也兴奋了，礼花带来的欢呼声，把大会推向了高潮。

在上海时，国庆时分也常能看到焰火，但是这么近，就在眼前，就在头顶上，还是第一次。最后的礼花就像加拿大的尼亚加拉大瀑布，给我留下了深深的印象。盂兰盆会接近了尾声，大家纷纷打道回府，但好像还都沉浸在意犹未尽的兴奋中。

8月25日

65. 教职工大会

学校里会经常召开全校的教职工大会。大会议室进门的桌子上总会放一叠会议内容的印刷品,有每个月学校的大事记及每天的日程安排。

去了一次觉得和我关系不大,很浪费时间,不想去了。但有些安排不知道还是很被动的,所以还是得去。

今天教职工大会的主要议题是讨论新学期的体育祭和文化祭,每位老师进门时都从桌子上各拿两本体育祭和文化祭的日程安排。

负责体育祭的四计老师和负责文化祭的长野老师各自发表了活动安排。好像一切都没什么问题,其实本子上都写得清清楚楚,只是照读一遍。而我本身像个客人,觉得没有认真听的必要,但也就在我无所事事东张西望时,四计老师提出了:"学生要参加学校吹奏部吹奏的话,影响入场式的方队。入场式完全可以放音乐带子,不用学生吹奏。"

但音乐老师真鸟坚持让学生吹奏,说学生已经练习了好久了。四计老师反驳说:"这是体育祭,不是音乐发表会。"

接着有两位女老师帮真鸟老师说话,又有两位男老师帮四计老师说话,男女对立,各抒己见。闭目养神的人一下子都有了精神，会议出现了从未有过的紧张气氛，最后教务长说这个问题有待今后讨论后再定，结束了会议。

和我一起走出会议室的老师问我："怎么样？"

我说："这也许就是男士趋于理性，女士趋于感性吧，这在任何地方都差不多。"

没想到在一团和气底下竟还蕴藏着如此激烈的暗流。

之后我一直惦记着这件事，不知最后怎么定的。碰到了校长，我急不可耐地问他："教职工大会的事情定了没有？"

他笑着说："早就定了。学生的现场吹奏，不仅能营造体育祭的气氛，也是吹奏部的学生给家长的一次汇报演出，家长也期待着呢。"

原来事情早就定了，教职工大会也就是走个过场，可老师们还争得面红耳赤。

 **9月2日**

66. 体育祭

享受惯了日本大学10月份开学的舒适，没想到日本的高中和中国一样9月1日开学，更想不到的是开学的第二天就是"体育祭"。

前一天操场边就竖起了3块学生自己画的大宣传牌。沿着跑道搭起了半圈遮阳篷，主席台一边摆了许多桌椅，是供老师和来宾坐的。

中国叫"运动会"，到了日本叫"体育祭"，还是有一点道理的，因为从开始到结束就是"祭（节日）"的感觉。

入场式是在校吹奏部的交响乐曲中进行的。除了入场式和中国的运动会比较相似外，后面是表演项目多于比赛项目。即使是比赛项目，也是趣味性的。

具体项目如下：100米短跑、吊面包跑步竞赛、修文练武、用嘴在面粉盆中找糖吃跑步竞赛、体操、新壹岐创作舞蹈、举麻袋、6人800米接力、世界鸭竞标赛、投球比赛、年级对抗接力赛、跳长绳、过人桥、4人5脚接力赛、年级大型表演比赛、拨棒、拔河、骑马战等。绝大多数的项目是娱乐性的，体现团队精神的。

学生家长们像外出郊游一样，穿戴整齐，化着浓妆，带着相机、盒饭、饮用水等坐在遮阳篷内，欣赏着学生们的表演，当然其中少不了市长的身影。也有家长和学生共同进行的项目，体育祭在欢呼声和笑声中有条不紊地进行着。

秋日的日本，到处在开运动会，处处洋溢着节日的气氛。除了学校运动会，还有市里的、区里的、街道的，全民运动。运动会可以说是邻里相互交流的机会。

 **9月12日**

67. 月饼宴

日本人也过中秋节，但无法和中国比。阴历八月十五日夜晚月圆之时，农村还有用麦芒装饰门窗，以酒和团子供奉月神，进行祈祷的习俗。但城市里除了中华街，好像已经没有了赏月的雅兴，也忘了吃月饼的习俗，人们像车轮一样，忙碌着地过每一天。

每周六电视里有档搞笑节目叫《笑点》，由一人扮演老师的角色出题，下面坐一排五六个人扮演学生的角色，根据老师的指示造句、回答。每个人造的句子，都会引来一阵大笑，主持人觉得句子好就奖赏一个坐垫，觉得不好要罚走一个，所以每个人屁股下面都有好几个坐垫，但数量不同。要是谁说了一句较经典的话，也有人会说奖给他一个坐垫。

今天有一道题是"做也不是，不做也不是"，其中一个人造的句子是"收到了中国制造的机器猫玩具，扔也不是，不扔也不是。"像吃了一只苍蝇，幸亏那老师没有作评论，也没有奖给他坐垫。

本想看个搞笑节目转换一下心情，没想到更郁闷了。唉，那帮制作假新闻的媒体们有没有想过，在给自己带来暂短收视率的同时，还会造成怎样的副作用？

东瀛700天

小岛日记

因祸得福。刚带回来的月饼，除了送给个别较要好的老师外，我有充分的理由把本想放在办公室中央大桌子上的一大盒月饼，改放到自己的冰箱里了。因而我享受最多月饼的一年，是在日本的今年。

9月15日

68. 新古屋

　　滨砂老师又叫我一起去超市了。今天车停得靠里面一点，下车后发现超市旁边有一个商店叫"新古屋"，直译出来应该是"新旧商店"，什么叫新旧商店呢？滨砂老师说："就是别人不要的东西，有新的也有旧的。"

　　哦，那就相当于上海以前的调剂商店了，进去看看吧。

　　进了屋出乎意料，商品琳琅满目，生活用品不能说应有尽有，但也相当全了。家具、家电之类大都是用过的，可能离岛搬家不愿意带走，管它新的旧的，多余的东西都送到这儿来了。有些日常生活小用品可能是商店处理的，多数是新品，所以叫"新古屋"。

　　随着生活水平的提高，生活用品的更新换代也越来越快，特别在日本，经常要搬家，搬运麻烦，扔了也确实浪费，有需要者再利用的话，再好不过了。就价格而言，这里的东西要比商店里的便宜好多啊，我要是刚到时发现了这个商店，一定能省下不少钱。

　　既然来了，又发现了便宜商品，总不能空手而归吧。我买了一个很漂亮的搪瓷烧锅，一套炒菜盘子，一套杯子，都是在盒子里装得好好的新品。我又有了女人购物的兴奋感，大包

东瀛 700 天

小岛日记

小裹高高兴兴地拿到滨砂老师的车里放好。

　　这样以后请人来家做客吃饭，也不用因餐具而犯愁了。上海家里也有很多扔了可惜、放着多余的东西。上海的调剂商店现在都到哪里去了呢？

9月19日

69. "国际理解"讲座

学校宣传部希望我给学生做一次"国际理解"的讲座。我自从来到这里以后也深感这儿的学生视野之窄,对外面的世界,特别对中国的了解甚微,所以欣然应允。

这儿的高中生,基本上家里都没有电脑,市里也没有网吧,所以校外根本谈不上上网。日本的电视,包括收费的NHK(除了特别收费的卫星台)只有6个频道,学生的知识、信息主要来源于课堂和电视,偏颇的报道使学生只知道日本最好,不能够正确地理解国际社会,更难以了解现在的中国。

本以为要在教室或一般阶梯教室为学中文的部分学生讲,没想到安排在体育馆,对象为全校师生。那天包括校长、教务长、事务长在内,全校师生济济一堂坐在体育馆中。

我把自己来到壹岐所感受到的文化冲突(没有床睡)作为序幕,简单介绍了文化冲突的例子及中国文化,逐渐引申到国际理解的重要性、文化冲突的主要障碍,希望他们成为视野开阔、心胸宽广的国际人。

地球的温室效应使9月的秋老虎添了双翼。没有空调、电扇的体育馆,为了我的讲演提纲投影能看得清楚而拉上了窗帘。体育馆简直像一个蒸笼,但将近一小时的讲演,700名双无瑕、求知的眼睛看着我,静听始终,甚至没有人拿手中的纸当扇子扇一下。

结束后当然得到了热烈的掌声,学校"三巨头"向我表示深深的感谢。回到办公室,他们又到我办公桌前,再次对我鞠躬,向我表示感谢。教务长说:"我经常听讲座,但像今天这样高品位而又深入浅出的讲座还是第一次听到。"

我了解日本文化,知道这种称赞也许只是一种礼仪,但还是很高兴,为自己能真正成为中日文化交流的桥梁而高兴,似乎也体会到了一点自己来小岛的价值。

9月20日

70. 出乎意料的答案

我受邀去商业高中交流时，曾问学生："你印象中的中国是什么样子的？"

一名学生说："人多。"

另一名学生说："自行车王国。"

这一下引起了我的兴趣，使我想了解学生对中国的更多看法。

昨天的讲座结束时，我做了一个问卷调查，提了5个问题，其中3个的问卷结果如下：

1. 你觉得中日关系怎么样？

回答中有觉得还可以的，有认为不太好的，但令我安慰的是，有156位同学在回答后面又添了一句："希望中日关系能发展得更好一点。"

我心里一阵温暖，又一次感到学生的可爱和友好的希望。

2. 中国在你脑海中的印象怎么样？

回答如下：

（1）人口众多、土地辽阔

（2）食品、环境问题严重

（3）中华料理好吃

(4)物价便宜

3. 当你听到"中国人"3个字,脑海中会浮现出哪位人物?

回答如下,完全出乎我的意料。

(1)成龙

(2)毛泽东

(3)孙中山

(4)孔子

现在说实在的,我想知道的是,同样的问题,中国学生会怎么回答呢?

9月23日

71. 街道大扫除

楼梯下的留言板上贴出了一张通知,说这个周末要进行街道大扫除,要居民自己准备好扫除工具,积极参加。来小岛半年了,从来没见到过一个清洁工,平时都是自己把周围清扫干净,居民大扫除这是第一次。

周末的懒觉睡不成了,已经听到楼下孩子的欢叫声。下楼一看,我们这一单元的单身宿舍里我还是最早到的,而那一半带家属的,都比我早到,拖儿带女,像是参加幼儿园的郊游。孩子们像快乐的小鸟叽叽喳喳地戴着手套、拿着小铲子,在妈妈们的指导下欢快地铲除家门口的小草。

几个男教师,拿着镰刀在割路边和停车场四周的茅草,割下来的草再放进对面的小树林里。我觉得自己既不适合加入拔小草的"母子军",也不适合加入割茅草的"男士军",便自作主张上垃圾房拿来一把扫帚,清扫停车场上的落叶。一会儿,我楼上的莆田老师也来了,加入我的队伍。

可能是常年缺乏体力劳动的原因,没挥动几下扫帚,便觉得浑身血液循环加速,大汗淋漓、气喘吁吁,好在本来也没多少落叶,三下五除二就完成任务。感觉比打扫前干净了,体力也消耗得差不多了,我和莆田老师就擅自先撤退。

东瀛 700 天

小岛日记

我记得小时候,上海每个星期四是居民大扫除的日子。在家的居民会在居民干部的带领下,对住家周围进行一次大扫除,把弄堂里的水泥地刷得发白,连下水道也刷得干干净净。我想中国现在也可以让老百姓经常做下大扫除,因为自己参与清扫才会更懂得保持干净。让中国的清洁工全去种树、栽花,中国一定会更加美丽、富饶。

 9月30日

72. 校长夫妇来做客

校长请我去他家做客,作为礼节我也要回请他一下。既然是请到家里来,当然请他和夫人一起来。他一听很是吃惊的样子,笑着说道:"很高兴你能请我,我一定去,但是我妻子不会去。"

日本人之间的交往一般很少到家里,特别是同事之间的会餐、喝酒都会定在饭店里,更没有带家属的。平时下班后的小聚餐可以理解,休息天的交往,在中国一般会全家出动了,不会把妻子或丈夫一个人抛在家里自己去同事家吃饭,好像会觉得心里不踏实。但是在日本,同事们下班后在小酒馆里喝酒,主妇们下午在咖啡店里一起吃吃蛋糕、喝喝咖啡,觉得这是正常的。

我对校长说:"我是中国人,请您吃中国菜,中国人一定会带夫人一起来的。"

他说:"我从来没带她一起到同事家去过。"

于是我说:"那就从这一次开始吧。"

在我的一再坚持下,他终于点头了。日本人的内外有别,不仅表现在国与国之间、公司与公司之间,连家里都那么内外有别。

东瀛700天

像是外事访问,夫人穿着端庄、手捧鲜花,校长手提水果篮,准点出现在我家门口。夫人好像以前是没有和校长一起去过同事家,显得有点拘谨,在榻榻米上正襟危坐。但是有我呢,我本来就是没什么规矩的人,再加上上次去过她家,马上和她闲聊起来,很快她也把那客套礼节给忘了,和我一起说笑,一起嘲笑日本男人。

我做了典型的中国家常菜:红烧鱼、青椒肉丝、番茄炒蛋、麻婆豆腐等,还做了土豆沙拉,包了春卷,煮了咸肉竹笋汤,反正他们都说好吃。就这样度过了忙碌而愉快的一天,不过我很难想象校长以后还会带夫人一起去其他日本同事家做客。

10月11日

73. 市民中文讲座

最近一段时间,除了上课以外,每天就是看研究生的论文,看得我头昏眼花。帮我调节情绪的是晚上给市民开放的中文讲座。虽然学生的年龄、层次各不相同,接受能力也参差不齐,但每一位学生的学习热情毫不逊色,他们的努力也激励着我,让我又有了做文化交流桥梁的兴奋之感。

昨天《西日本新闻》刊登了这样一则消息:

"你好!"9号的晚上,壹岐市公立高中的教室里回响着成人的朗读声,中文讲座从这一天起开始了。今年的4月,同校作为"中文专业"教师引进的上海外国语大学吴老师,"为中日友好"而开始了讲座。

听讲座的有家庭主妇、下了班的公务员、公司职员。第一次是汉语特有的声母拼音大声说练习。平时是中学教师的学员也像是回到了学生时代,表情认真。名额20人据说很快就报满了。两小时的中文课定在周二和周四,每周授课两次,持续到11月底。

这样的中文课竟然还是免费的,真有点奢侈。平时忙着采访的我,想进一步开阔自己的世界。抱着试试看的想法,也来到了教室。

东瀛 700 天

有目标并在认真学习的人们，不论年纪大小，表情都是熠熠生辉的。

一个人要走上社会以后才会懂得人情世故，才能体会到学习的幸福，高中生还没有这种体会。

看到他们的学习热情，我有点想上海的学生了。"我上海的学生就是这样爱学习的。"我常和这里的高中生如是说。

10月13日

74. 难忘的就医经历

一人出门在外特别要当心的就是身体了，可时间一长也有疏忽的时候。特别是有老师约我一起去超市，不用自己拎上坡，我会像不用花钱一样什么都想买。昨天就买了很多吃的东西，烧了好多菜，但是胃只有一个，容量也不大，吃剩的只能放冰箱慢慢消化。

昨天基本没动筷的鱼和韭菜炒鸡蛋，今天从冰箱里拿出来没放微波炉里转一下就吃了。其实以前也有这样的情况，可偏偏这次出问题了。等出问题了才想起，韭菜是不能隔夜的，而我把一盘子都吃了。睡觉前就觉得不舒服，但好不容易吃下去的东西，怎能让它轻易出来。我不断地改变睡姿，就是不让它出来，也许这是我犯的最大的错误。后来医生说想吐的时候赶紧吐，吐干净就好了。我那时并不想吐，可后半夜我还是输了，无论我如何改变睡姿还是吐了，一连吐了3次，人一下子就没了力气。

早上我还是按时去了学校，还好考试期间不上课。坐了一会儿我还是觉得不舒服，决定去一次医院。记得坡下商店街尽头就是医院，可等我真想看病时才发现那是个私人医院，而且里面有很多患者等着。一位老太太告诉我，去市民医院的专线车马上就来了,她也去市民医院,那就做个伴吧。

不愧为医院专线车,开进医院大门,一直开到门诊大楼前。进门就像上海医院的预检处,不同的是每个医护人员都是笑眯眯的。让我做了一张就诊卡,在给我卡的时候,护士已为我拿了一个就诊号,告诉我内科在前面,坐在椅子上等着叫号就可以了。等了将近有一小时,终于轮到我了,护士笑着对我说:"你的名字真好听。"可能这也是心理治疗的一个环节。我被领到一位老医生面前。问几句话和中国的医生也没有什么区别,告诉我需要点滴,我点头,然后被领到里边的一个房间里躺下,盖上小花被开始输液。护士告诉我有事可以按铃,把一个按钮放在我的枕边,拉上粉红色的窗帘走了。

不知怎么搞的,也许是听了刚才医生说的想吐就赶快吐出来的缘故,我又想吐了,赶紧按铃。护士拿来两个塑料袋和一盒餐巾纸,一会儿又拿来一杯水。护士们的动作不紧不慢却又那么恰到好处,始终笑眯眯的。

医生说得对,吐掉以后,虽然我感觉力气没了,但还是舒服多了。

10月15日

75. "马大哈"药房

　　输液结束后，医生跟我说，回去之后还要吃3天的药。这个我明白，哪里都一样，然后给了我病历卡、处方单等，告诉我可以去进门的大厅里结账。是啊，到现在为止我还没有付过一分钱呢，也没有为付款、取药、输液而来回奔波，这对病人来说可真是实实在在的关爱。可是，日本的医院和药房是分开的，回家吃的药必须到药房去购买，所以医院的附近都有几家药房。现在对我来说，要走出市民医院的大门，到马路对面的药房去买药是件很累的事。

　　还好，结账也比较人性化，只要把账单给他们，等着叫号就可以了，不用站着排队。结完账，我坐在靠大门的椅子上，看门口没有出租车，就问一下站着的护士，能否帮我叫一辆出租车。她看我手中还有一张处方单，问我是否还没有取药。我点头告诉她，我感到很累，不想来回走。她说不用来回走，她可以帮我传真过去让他们送过来，然后再帮我叫出租车送我回家。那真是太好了。她接过处方单，传真过去了。

　　果然，一会儿药房的人送来了药，并拿了一万日元的找零，以防我没有零钱，然后告诉我一天3次，饭后吃，药品袋上也是这么写的。我在递给他处方单的时候瞄了一眼，上面写的好像是饭前吃，就又问他："是饭后吗？"

他说："是的，饭后。"

得到确认后，我觉得可能自己病得不轻，竟然饭前饭后都看错了。

回到家，干脆休息两天，反正考试期间没课。就在第三天我感觉一切都恢复了，药也只剩下最后一顿时，接到一个从药房打来的电话，告诉我："非常抱歉，经核实，两天前给你的药，饭前饭后搞错了。"

天哪，马上就吃完了才告诉我，不是太晚了吗？在他的一再道歉下我也只能笑了。好在这种肠胃药好像饭前饭后关系不大，再说我已经又生龙活虎了，下午还把阳台上的盆花又重新折腾了一下。

10月23日

76. 专业的图书工作

图书馆的日常管理是我们广报部工作的一部分。在我值班的日子，我要提前吃完午饭，在学校午休、图书馆开放期间当班，打开电脑。一会儿还会来两名学生，一起负责学生们的借阅工作。

图书馆的一角还有电脑和电视，可以放映录像和DVD，学生可以戴着耳机收看，一旦有了故障也会来找老师。我值班时也碰到过这种情况，当时我真觉得为难，我怎么会修电器呢？但是看到学生向我投来的信任眼光，我无法拒绝，硬着头皮自信地对她们说："我去看看。"

我在机器所有接头的地方重新用力揿揿，竟然手到病除，原来只是接触不好，有点脱开了，当然我也就会这么两下子。学生们又都开心地露出了笑容，对我谢了又谢。

今天第四节课是我们广报部的会议时间，主持者简短地说了几句，今天的主要工作是新书的登录。学校新到了好多图书，有用图书经费买的，也有捐赠的，在图书馆办公室里堆着。

从办公桌的旁边拿出一个盒子，里面有登录工作所需要的各种标签和图章，我们便分头干起来了。有盖图书上边章的、盖里面章的，有分类编号的，有在电脑上登录的，还有在封底贴条形码的。流水作业，一切都进行得有条不紊，那么专业，那么认真，还那么自然，好像我们这些老师本身就是专职的图书管理员。

　　桌子上那么一大堆图书，在我们的操作下，一节课的时间便有了新的归宿。

11月3日

77. 文化节

今天是日本的文化节，是法定假日，文化中心又有活动。在我去的路上并没有见到什么人，可是一到那里，还真是很热闹。剧场里有"落语"表演，相当于中国的单口相声，场外有中国杂技，表演顶碗、变脸什么的。我对杂技一向不太感兴趣，看着那惊险的动作会使我联想到练功的辛苦。

当然也少不了农产品市场和跳蚤市场。我买了一瓶韩国辣白菜、两个小钥匙链、一大盒具有日式风格的木餐具，大包小裹地就进了大剧场。

舞台上一个老头身穿日本和服，手拿折扇，坐在大坐垫上，正讲得起劲，场下不时发出一阵阵笑声。虽然不用买门票，但会场的上座率大约只有四分之一，多数是老人，零散地分坐在剧场里。

听着听着我就有点后悔，买什么辣白菜呀，早点进来就好了。演员有时讲得有点俗气，但还是蛮有意思的。不管怎么说，我还是大笑了一场。

剧场对面的展览厅里，展示着许多市民的作品。从小学生的手工，到老太太的手工艺品。插花、油画、陶瓷品，让人感到艺术源于生活，只要有一点想法，就成了生活中的艺术。

东瀛700天

艺术没有了以往的高不可攀，而给人一种自己也想尝试一下的亲切感。

进门的桌子上有一本签到簿，旁边一个盒子里放着一叠评选纸和笔，你可以写上你认为好的作品号码。老百姓评选老百姓的作品。

我想象着自己的作品要是有人投票的话，会是很大的鼓舞吧，于是赶紧选了两个。

 11月7日

78. 全校接力长跑

办公室的门口贴了一张大大的壹岐地图，并在上面注明了长跑路线。旁边还有一张小表，标明了每一段的距离，教师可以在上面选择自己跑步的路段，填上自己的名字。

这是一年一度的全校环岛接力长跑，每个班组成一个代表队，教师也是一个代表队，要大家报名。女教师挑选距离短的，也可以一个路段由几名教师共同完成，年轻的男教师需要挑选路程长一点的和上坡的路段。经过一个多星期的酝酿，今天停课跑步。

起跑点定在大谷体育场。一大早，教师们不管跑不跑全都换上了运动装，开着车陆陆续续都到了，担当广播和救护的车辆也到了。我坐莆田老师的车一起去的。体育老师把注意事项强调了一遍，教师分别去点学生的名。

全校在起跑点集中，学生集中在路南的体育场看台一边，老师集中在路北的停车场一边。各报的记者也来了。跑第一棒的师生们已经在做热身运动了，我也像个新闻记者，拿个相机准备捕捉最佳镜头。路对面的学生搭起了人塔，对我做着胜利的动作，我赶紧摁下快门。

一声枪响，全体欢呼起来，但只持续了5秒钟，人已跑远了，像是树倒猢狲散，大家一下也都散去了。莆田老师要去自己的跑步段等待，我就自己回学校。下午两点左右，没跑步的师生们在校门口开始夹道欢迎运动员的归来。每个运动员回来都会得到全体的掌声。运动员进校后绕运动场跑一圈到终点，那里有福田老师和学生们记录时间并排名次。

明天，每个办公桌上又会多一本记载着每个人名次的长跑成绩本，晚上举办全体教职工的庆长跑会餐。

11月8日

79. 面向学生的音乐会

日本中小学的体育馆都兼作礼堂，所以体育馆的一边都设有舞台。进馆或者换鞋或者只穿袜子，全校的集会学生全是坐在地板上的。每次集会都是5分钟前还空无一人，5分钟后大会已经开始。而这5分钟也没有着急、嘈杂、拥挤的感觉，大家顺着人流而入，走到自己班级的位置，排好队就地而坐，校内穿的拖鞋都竖放在身体的左侧。因为壹岐高中的大体育馆在维修，下午的音乐会改在武水中学的体育馆。

从壹岐高中到武水中学有15分钟的路程，一点准时出发，路上每个路口都有老师拿着小旗在指挥交通。到了中学体育馆，每个学生都从口袋里拿出一个塑料袋，把自己的鞋子装在里面再进馆。同样在老师的指挥下，排好坐下，等待音乐会的开始。

说是乐队，其实一共只有4个人，一位弹钢琴，一位拉小提琴，一位拉大提琴，还有一位鼓手兼歌手。当优美的世界名曲在体育馆内飘荡时，确有一种艺术的享受。全场的学生都仰头注视着舞台，安静地欣赏着乐队的演奏，接受高雅艺术的熏陶，每曲终了都报以热烈的掌声。最后钢琴师问学生："今天有过生日的吗？"

有两位同学举手。结果有人端来两把椅子，请他俩上台，钢琴师近距离演奏了一曲生日曲。又有两位手捧鲜花的学生，上台向音乐家们献花表示感谢，音乐会在一派高雅、和谐、美好的气氛中结束了。退场是从后面的班级开始，一个班一个班站起来安静地离开。

在往回走的路上，我一直在想：在日本公共场所人们互相谦让，井然有序，不争抢、不拥挤，素质就是这么从小培养出来的吧。在中国，高雅艺术一般只听说过进大学校园，其实更应该进小学、中学校园。

11月8日

80. 中文讲座的结业仪式

中文的市民公开讲座,已经举办了10周了,今天是最后一次,也就是要结业了。涉谷老师在电脑上做了漂亮的结业证,可能我来自上海的缘故,结业证的背景是上海外滩,蓝色的天空中飘着朵朵白云,蓝天下是浦东的新建筑和东方明珠电视塔。给我看样张时,我心里一阵温暖,对这个班来说,这样的结业证书简直就是奢侈。

上课结束前,我向学生展示了我从上海带来的小纪念品(福字挂件、清凉油、小丝巾、书签、茶叶等)。我告诉他们,从校长那儿领了结业证后,再到旁边取一样纪念品,学员们都显得非常高兴。

教务长也提着照相机来了。校长走到前边来,认真地念着每一张结业证,学生一个一个上前领取、致谢。程序显然从幼儿园就养成了,相互鞠躬,庄重地举双手接过,然后挑一样喜欢的纪念品回座位,大家热烈鼓掌。

因为校长也是学员之一,那就由我颁发结业证,我用中文朗读了结业证内容,大家又都一阵感动。

之后大家在一起照了结业照,心情都写在脸上。过后又是一阵寒暄,然后我像明星一样,轮流和学员照单独的合影。

东瀛 700 天

小岛日记

中文讲座就这样在较为留恋的气氛中结束了。我百感交集,感到有点轻松,又有点寂寞,当然也有点兴奋。

我还发现,从城隍庙买来的"福"字挂件最受欢迎。

11月10日

81. 厕所节

收音机每天早上会报道今天是什么日子。

今天是厕所节。我才知道日本有厕所协会，还有个厕所节。日本厕所协会于1986年1月在"第一届厕所讨论会"上决定，每年11月10日为"厕所日"。

按我们中国人的想法，厕所那是不登大雅之堂、在外人面前难以启齿的场所，怎么也不可能成为一个节日。但事实上，厕所很能反映一个国家或企业的文明程度。

看一户人家是否讲究卫生，不是看他的卧室、客厅，而是要看他家的厨房和厕所，是有道理的。

这里学生进修的第一课就是打扫卫生，清扫厕所。也许是自己亲自打扫的缘故，更能保持清洁。

日本的公共厕所不收费，全有手纸和洗手池，有的公厕还带有卫洗丽的。我所去过的日本公厕都和家里的一样干净。

前几年有位日本教授来中国，他和我闲聊说他夫人也喜欢中国，但因受不了中国的公共厕所，所以这次没和他一起来。哦，可能厕所的问题，阻挡了很多想来中国的游客。

东瀛 700 天

是啊,一个人活着,"出口"和"进口"同样重要,但愿"出口"也能得到同样的重视。以后购买房地产开发商号称豪装的楼盘时,先看看厕所里是否有基本设施卫洗丽。

 11月15日

82. "七五三"节

今天是日本"七五三"节,是日本一个独特的节日。一早我就和小宫老师一家去美容院了。小宫老师的女儿小优今年虚岁7岁,要去美容院盘头穿和服,然后到照相馆拍照。我饶有兴致地陪了一天。

在日本,单数是阳数,偶数是阴数,单数因为难以分开,故被认为是吉祥数字。

传说小孩在7岁前还不属于自己,还是神的孩子,7岁以后才是自己的孩子,所以7岁前要进行祭奠。这可能和以前医学不发达,觉得小孩在7岁以前随时会"被神召回"有关吧。这种习俗历史悠久,但以前只是武士阶层的祭奠仪式,到了江户时代才在平民中普及,成了大众的庆典仪式。

每年的11月15日,虚岁3岁和5岁的男孩要穿上日本人称为"袴"的,下面像围裙一样的小和服;3岁的女孩要穿上鲜艳的和服或与男孩一样,穿"袴";7岁的女孩也要穿上鲜艳的小和服,第一次系上小腰带祈愿神灵保佑自己健康成长。以前,父母还要为孩子戴上白色的棉帽子,希望孩子能健康地活到白发。

这一天,孩子们都要吃"赤豆饭",还要吃专为庆贺

"七五三"而做的红色或白色的棒形糖果"千岁糖",希望孩子吃了可以活泼健壮、长生不老。

美容院这天忙着给女孩子们盘头、化妆、穿和服。一般小和服都是租赁的,小孩子穿上后确实很可爱,然后都会去照相馆拍正规的艺术照,这是父母给孩子留下的成长记录。

相比之下,好像中国孩子的节日比较简单,虽然有儿童节,那也只是孩子们的节日,和成人没什么关系。有成人参加、以孩子为中心的节日吗?我苦思冥想了半天,在中国好像只有生日了。

11月20日

83. 日本的搞笑节目

日本电视频道少，一般家庭只有6个，但每天看电视的时间据说平均是5小时，是中国人的两倍。日本的搞笑艺人特别多，电视节目中最多的是搞笑节目，在我看来有些俗不可耐。可能日本人在外面太注重礼节了，压得难以喘气，回家后需要放松。在日本，这种低俗的搞笑节目很受欢迎，大家都习以为常，哈哈大笑。

这两天石油涨价，执政党和在野党争执的焦点为是否该取消"汽油特别税"。就这么严肃的一个问题，一名白发、成熟、知名的节目主持人，在演示石油上涨时，一边用水壶往一个罐里灌水，一边说："这水流得那么慢，就像老年人小便。"

引来一阵欢笑。

曾在除夕红白歌赛当节目主持人的中居，会穿着芭蕾《天鹅湖》的服装出场，身前还有个天鹅脑袋在晃动。一名当红搞笑艺人小岛，据说去年的出镜率最高，每天只穿条三角裤出镜，哪怕是大冬天。

除了NHK，任何台这种搞笑节目都特别多，无论怎样的语言、动作，也不管是在播放怎样的题材，不用担心受到谴责，一般都会迎来人气。

星期天有个新婚节目，主持人向新婚夫妇提问，该问的不该问的反正都问了，据说也很受欢迎。

记得在西安，曾有个日本留学生在一个联欢会上也做了点这种低俗的动作，惹怒了在场的和不在场的，一直受到传统教育的中国人，认为这太过分了，简直就是侮辱，个个义愤填膺。其实来过日本的人，或看过日本普通电视的人，也许就能理解，日本人根本不把这种行为看作是低俗的，只认为是一种娱乐、搞笑。

都说日本人双重人格，也许是吧。他们的文化是人前需要端着，人后就得散架，维持身体平衡。低俗也是为了缓解压力吧。

 11月24日

84. 充满爱心的电视节目

在日本，我喜欢看电视连续剧，但日本电视剧的播放和中国有很大的区别，不是每天连着放，而是一周播一集，没有中国那么过瘾，却又多了一点期待。我看的电视剧多为励志性的。最近，电视上播放了《令人感动的10件事》，看了让人感觉暖暖的，心情愉悦。

日本的现代电视连续剧贴近生活，很多是小人物的奋斗记，有中学老师、饭店厨师、公司职员、小岛民警等，就是生活在我们身边的普通人。他们有长处也有不足，在工作和生活中会碰到各种困难，会迷惑、彷徨，但也会碰到很多心地善良的普通热心人。这些热心人能力有限，但能从他们身上受到很大鼓舞，增添克服困难的勇气。

日常生活中，中国人把意志力放在主导地位，理智和情感放到了次要位置。为达到自己已定的目标，当事物和自己的情感有冲突时，要用意志来支配自己的情感和理智。只有这么做了，才会受到表扬——"以顽强的意志战胜了困难"。

自古以成大业者"必先苦其心志、劳其筋骨"为教训。大大的一个"忍"字，诠释了中国文化的一个基本特征。中国人喜欢梅花，因为梅花不畏严寒，迎风雪绽放，哪怕零落成泥碾作尘，依然香如故，主要表现为意志文化。

和中国的"意志"文化相对应，在日本是"情感"文化。日本人把情感放在第一位，由情感来支配意志和理智，所以日本人有时候做的事情，在我们看来是缺乏理智的。日本人崇尚万物有灵魂，提倡心领神会，说话不追求简单明了，不愿意讲清楚，崇尚以心传心，喜欢暧昧表现。

也许是岛国的缘故，重视抗自然灾害所需的"和"，特别看重人情。各地各个时节，都有不同的全民参与的庙会，以此来维系人与人的感情。

我想中国要是也经常在电视上播放《令人感动的10件事》这样的节目，肯定也不是那么难的一件事吧。真希望让好人也在电视上多露露脸，多传播点正能量。

 12月5日

85. "敬业"的插花老师

由于中文讲座的时间和学习日本舞蹈的时间相撞,鱼和熊掌难以兼得,我只得放弃学日本舞蹈,但又觉得不学点什么心里空荡荡的。

走廊里偶然看到了插花部的广告,而且时间也不冲突,于是,我又成了一名插花班的学员。感觉自加入了插花部,人也站直了不少。

日本文化中,茶道和花道占了很大的分量,花道主要指的就是插花。做学生时,曾在东京的草月馆学过插花,很有成就感,可那是多少年前的事了。

插花是优雅艺术,刚开始学,面对眼前的花花草草,我感觉人也好像站直了一点。插花老师是位80岁高龄的日本老太太,颤颤巍巍、和蔼可亲。老太太对我的到来非常高兴,并希望我带着学生一起来。第二天课间,我真的去问学生了,可我本来认识的女同学就不多,而她们都已经有了自己的兴趣班。再说每次学习,学生要出500日元的成本费,对一个高中生来说,500日元也不算个小数目,所以我不能强求。第二次,老太太又认真地对我表达希望时,我如实做了汇报。

可后来每次去学插花,她都要语重心长地和我提一次,大大破坏了我的情绪。插花是优雅的，但由于不能满足老太太的希望，每次都有莫名的紧张感和负罪感。

　　看到一枝枝的鲜花在老师的指点下，经过自己的修剪，变成了一盆盆美丽的插花，心里也像盛开着花朵一般。每一次我都会感到有收获和兴奋，特别是自己的作品还可以捧回办公室，放在自己的办公桌上，保持一周的好心情。

　　可是好景不长，今天老太太又对我提希望了，而且更具体，说哪怕带两个同学来也可以。怎么办？完不成任务的郁闷感，已经超出了学插花的乐趣，我已经害怕见到老太太了，下周得重新寻找新的方向。

12月20日

86. 壹岐"神乐"

柴田老师学过中文，也去过中国，当然对中国就很有好感，对我也特别亲切。他前几天告诉我："12月20日是壹岐神乐日，一定要去看。我非常喜欢，会看一天。"看一天？什么东西这么好看？我满心期待。

今天一早柴田老师就开车来接我了，没想到到了那里更有早来的，已为我们留好位子，第一排。

壹岐神乐是有着悠久历史的神事艺术，和其他地区的神乐组与神乐师所表演的神乐不同，它不仅神乐舞和音乐独特，而且演奏者全由神职担任，所以格外给人一种神圣感。1987年神乐被定为国家级民俗文化遗产。

虽是国家级民俗文化遗产，而对我这个素人来说，仅仅是看热闹。两个多小时看下来，我觉得够了，可是老师们毫无打道回府的意思，看到下午，我都觉得有点像中国农村跳大神的感觉了。

我四处逛逛，还真发现了一个小卖部。里面有各色护身符，其中有一种扇形的护身符，做工精巧，非常合我意，真是

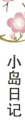

东瀛700天

"踏破铁鞋无觅处,得来全不费功夫"。一下子我把盒子里的几个都挑了出来,大丰收啊。

也许这是我看了一天神乐,"神"一开心就指示我过来的吧?

 1月13日

87. 成人节

今天是日本的成人节。1948年，日本政府根据民俗规定，满20岁的人要过"成人式"，目的是要让青年人意识到自己已经长大，要为自己的行为负责了。年满20岁的男女青年，在成人节这天，大多身穿和服，参加官方或民间团体为他们举办的成人仪式。

以前成人节定在1月15号，因为庆典活动要回原籍过。而现在20岁的人，正好是上大学或已经就业，特别是在外地上学、就业的，15号这一天要赶回来参加庆典，然后再赶回去，这很难做到。所以现在将成人节定为每年1月第2个星期一。

今年的成人节是1月13号，我像一个新闻记者，早早地拿着照相机去文化中心的礼堂。那里布置得隆重、华丽，到处是鲜花。而过成人节的年轻人，也都像鲜花一样，三五成群地相互说笑、拍照。花季少女穿上花一样的和服，配上花朵般的笑脸，满是喜气。我也被这花的海洋所感染，看到两个女孩真是可爱，情不自禁就和她们一起照了一张相。

大会开始了，照例是唱国歌、市长讲话、长者的祝贺、学生代表的祝贺以及年轻人代表的宣誓。坐在大厅前排的，是主角的青年们，后面全是家长和社会人士。

东瀛 700 天

日本的成人节源于古代的成人仪礼，而日本古代的成人仪礼是受中国"冠礼"的影响。所谓"冠礼"，是指男子成年时举行的一种加冠礼仪。从加冠这天起，男子便被社会承认已经成年。

现代同样，参加完成人节后就是成人了，相应可以抽烟、喝酒了。有意思的是，成人节没有提前，还是20岁，但随着人越来越早熟，犯罪年龄越来越小，日本已把追究刑事责任的年龄提前到14岁。

这一天参加完正式的典礼后，年轻人马上就去喝酒庆祝了，因而每年这一天都有年轻人喝酒闹事的报道。而宣誓要为自己的行为负责，就成为一个形式了。

回家一看和两位漂亮姑娘一起拍的照片，我夹在中间真是大煞风景。

1月16日

88. 壹岐的喜报

教务长一早就满脸堆笑，一个劲儿地说：

"喜报啊喜报！新年伊始电视里、报纸上每天都报道日本经济不景气、日本上层的负面事件。今天总算来了一个喜报。太好了，太好了！"

什么事令教务长如此高兴？原来我们中文班的3名学生将去上海外国语大学留学，今天收到了录取通知书。

紧接着，壹岐3家报社的记者都来了，3名学生手捧鲜花，

看着也是满脸喜气，愉快地回答着记者提出的问题。闪光灯频频闪烁。当然也有我与3名学生的合照，我既是老师又是"红娘"之一啊。

他们3人暑期都有去上海外国语大学的短期留学经历，熟悉那里的环境，也知道上海外国语大学是属于教育部的国家重点大学。在日本能上国立大学是很棒的，中国也是一样啊，国家重点大学不好考。但是说真的，留学生又另当别论了，就像中国人来日本上东京大学和京都大学的留学生别科。

不管怎么说，愉快还是很愉快的，想想他们将成为上外的学生，在上外学习4年，我回去了，还能在校园里碰到他们，太棒了！他们能顺利进入上外，我这个"红娘"功不可没。

1月19日

89. 北大师生来访

听说北大师生要来,同学和老师都显得有点紧张。按滨砂老师的说法,"北大"相当于日本的"东大",但比"东大"更优秀,因为是从13亿人中选出来的。

煤油取暖炉使大会议室显得暖洋洋的,同学们坐成了一圈,前面一排坐着北大来客、滕老师和3个学生及壹岐市政府的一位官员。河野同学用中文致了欢迎辞,最后还做了一个欢迎动作的亮相,滕老师的愉悦心情尽写于脸上。

客人作了简短的讲话和介绍后,轮到壹岐的学生作自我介绍了,前一天上课时,我已经给他们做了自我介绍和致欢迎辞的练习。练习中,二年级学生没有什么想法,最低程度完成了滨砂老师的自我介绍要求,还仅限于"我叫……请多关照",我让他们加上"我喜欢中国的……""欢迎你们来到壹岐高中"。但是到今天正式作自我介绍时,个个紧张、结巴,除了河野和平田,都只说了前面一句。学了两年中文,竟然说不上事先练好的短短4句话,实在令人失望。

而让我得到一点安慰的,倒是一年级的学生,他们除了介绍自己的名字外,川村说:"汉语难是难,但是很有意思,我要努力加油。"

东瀛 700 天

小岛日记

中村说:"在班级里我汉语说得最好,因为我脑子最好。"

三浦说:"我期待着今年的北京奥运会。"

宫本说:"我喜欢空手道,也喜欢中国的太极拳。"

而且每个人都说了"欢迎你们来到壹岐高中"。学生每说一句,滕老师就拍一下手,笑一笑,显得非常兴奋。

然后是北大学生的介绍、滕老师讲话,再进行分组交流,最后滕老师在白板上写下了《我和我的祖国》的歌词,我和他们一起慷慨激昂地唱了这首歌,结束了交流会。

结束后我就和北大一行在校长办公室闲聊,这时忽然有一种感觉:是否没必要继续留在小岛,干脆和他们一起回国,回上海享受我的都市大学教学生涯?

当我从滕老师那儿听说,自从我来岛后,小岛上的人改变了对中国人的看法时,我似乎又找到了说服自己留下的理由。一句好话,功效奇大。

 1月22日

90. 异乡的思乡情

祖国来人太让我兴奋了，特别是交流会后在校长室和他们说话。滕老师属于随和型。穿了一件非常可爱的丝绒中装，和我差不多的性格，也许是同行的关系，说话很投机、合意。随行的3名学生，一名大学生，两名研究生，说笑中我一下有了在上海的感觉。对，就是那种可以轻松地进行交流，幽默互动，充满睿智，能成为朋友的感觉，这是在高中生身上无法体验到的享受。这一下子勾起了我的思乡情，恍恍惚惚中感到我又想念上海生活了。

送走了北京的客人，天下起了蒙蒙细雨。心情也跟着天气下起了雨，一刻也不想继续留在办公室了，赶快往回赶，回家路上的小岛风景已不再吸引我，只觉得全是灰蒙蒙的。

回到家里，决定看从上海带来的DVD——日剧《白色巨塔》。一天半的休息，我看完了整整21集，这种完全自主无人打扰的日子，也许也只有在小岛上才能享受到。

看到片尾男主角的去世，我已经不能控制自己的情绪了，眼泪像断线的珍珠，哗哗地往下流。我自问，为什么那么伤心？为男主人公？他出身寒门，拼命努力，甚至不择手段一心往上爬的人生，与我的为人、性格大相径庭，他离我太远了。

但好像又是的,他非常努力却走得太早,老天对他不公平。为自己?在那动荡的年代又有多少一帆风顺的人生呢?为昨日的思乡情?为所有努力过而过早离开我们的人们?我找不到答案,看电视剧至于哭得如此伤心吗?

但有一点是真的,眼泪能带走烦恼和痛苦。大哭一场后,心情确实轻松了很多。肚子饿了,做点好吃的。

1月25日

91. 他山之石

月有阴晴圆缺，人有旦夕祸福。我希望我和我周围的人都能过得轻松愉快。我喜欢简单化，喜欢往好处想。按理也到了宠辱不惊，闲看庭前花开花落的年龄，也有"曾经沧海难为水"的经历，多数是傻乎乎的所谓的很开朗，但偶尔还是会被负面情绪缠上，特别是热闹后的清静，会觉得很寂寞。

每个人每天都有小小的伤心事和开心事，随着时间的推移，一切都成了过眼烟云。但我深感当一个人情绪低落时，需要的是朋友，"朋友是最好的催醒剂"。往往是朋友的一句话，会让人有茅塞顿开的感觉，远胜醍醐灌顶的名言。

今天在MSN上交流时，我肯定流露出了我的思乡情，细心的朋友说："客座教师，是最轻松美好的待遇，那是难得的清闲，可以静下心来做点事。小岛的坐班生活远胜于任何旅游团，更能体验不一样的风土人情，欣赏不一样的风景名胜。对一位日语教师来说可谓如鱼得水。"

最后还加上一句："我特别羡慕你。"

是啊，我怎么会走到岔路上去了呢？为什么要让一叶遮目呢？在体验异国文化的过程中，一个人不会感到孤单，一个人可以看到很多特别的风景，体验到一些难得的风情。

评判人的一生是否成功，每个人都有不同的标准，其实能保持一个健康的身体和平和的心态应该是衡量成功与否的最佳标准。唉，不替古人担忧了。战胜了自己的战争，就是运筹帷幄的将军，今天我要做将军。

我在办公室和对面的林田老师说起了《白色巨塔》，她说她看到最后也是泪流满面，大哭了一场。哦，原来如此啊。

1月26日

92. 不合理的学期安排

　　中国的学校和世界上的大多数学校一样，每年两个学期。两个长假，是让人在最热和最冷、最不想动的日子里享受的寒暑假。可是日本有3个学期，新学年从4月上旬开始到7月下旬，学生大汗淋漓地考试，8月、9月放暑假，2月、3月放春假，年末、年初放寒假。3月、9月是学习的大好时光，在日本却成了学生旅游的绝佳时期。不过高中暑假只有一个月，9月就开学了，两个月的春假高中每天要补课，真正的假期也只有两周，要到3月下旬才放。日本最大的节日是新年元旦，所以元旦前放寒假，两周左右。我感觉这样的学期安排显得很凌乱。

　　1月上旬开始的第三学期，那可是最冷的下雪日子，教室里没有空调，女学生都穿着夏天的裙子裸露着腿，一个个缩头缩脑的。学校还不允许穿自己的羽绒服、大衣，不准戴围巾，只允许带一条类似中国用来包婴儿的小毯子，所以基本上女同学膝盖上都盖一条毯子，脖子上还围一条毛巾，口袋里放一个暖宝宝。人多的教室还显得暖和点。我班人少，再加上是靠边的教室，同学们嘴里一个劲儿地说"冷死了，冷死了"，有的小女孩脸都冻得青紫，我看得都心疼。

东瀛 700 天

小岛日记

　　学生会在年末有一个提建议的机会，学生会生活部长在广播里说，请学校允许我们穿大衣、戴围巾。我坚决站在学生一边，认为这完全是合理要求。可校方却说，这破坏了学校的统一性和安全性，因为高中生是穿校服的，穿自己的大衣就不统一了。还有一个理由就是以前曾有一个女同学就是因为戴了很长的围巾，在上学的路上被过路的汽车卷进去过，所以美其名曰是为了学生的安全，真是现代版的"因噎废食"。学生提建议完全是走过场，学生依旧在挨冻。当然老师的穿戴是随意的，教师办公室里还有取暖炉。

　　一年中最冷的日子不放假，于情于理都说不通，最不合理的是今年农历年三十、年初一我都有课。

 1月29日

93. 除厄年宴会

29号又有全校大会餐,什么事要会餐?我稀里糊涂的没有搞清楚,反正跟着去,交钱、吃就是了。

到了餐厅,看前面有一排特殊的位置,坐着的人我也搞不清是什么身份,也不全是头头儿、主任之类的,也不是年级组长。正纳闷呢,会餐开始了,先由校长讲话,然后是代表讲话,接受礼物,这下我听明白了,今天是除厄运大会餐。

在日本,男女都有厄运年,男的是虚岁25岁、42岁、61岁,女的是19岁、33岁、37岁,特别是男的42岁,因为和日语的"死"谐音,女的33岁和"散散"谐音,被称为大厄年。说是因为这一年遭遇天灾人祸的概率特别高,所以尤其要当心,大厄年的前后年都要特别注意。

原来坐在前面一排的人,是去年和今年到了厄运年的人。为了庆祝去年厄运年的人平安度过出厄运,祈祷今年进厄运年的人也能平安度过,因此全校大会餐。难怪在他们的座位前都多了一整条的盐烤鲷鱼。

日本人认为盐是除晦气的,参加完葬礼都要撒点盐。今天一早,进厄运年的人,都抽空去庙宇进了香火,真是出乎我的意料。

东瀛 700 天

小岛日记

在日本，民俗文化和科学不发生冲突。在科学发达的先进国家里，平时这么忙忙碌碌、一本正经的老师们，却还这么认真地相信什么厄运年？

但是静下心来想想，我 33 岁那年似乎确实也不大太平，也许有点道理吧？

2月1日

94. 令日本男人无法忍受的事

日本人喜欢做民意调查，电视上也经常做。比如找10个较有名气的女演员或主持人，然后到街上去问男士："你会找谁做老婆？为什么？"

之后请这10人来做节目，排名次。

昨天的电视节目是调查男士"老婆最让你无法忍受的是什么事？"

回答内容的统计如下：

"30代"（30—39岁）排第一位的是："出门打扮没完没了。"日本女人可说是世界上最注重脸部化妆的，很多人没化妆的脸是不见人的，难得和丈夫一起出门，那肯定更得下一番功夫。不过，男士的怨言倒也可以理解。

"40代"（40—49岁）排第一位的是："孩子优先于老公。"电视里播放的画面，是男的洗完澡从浴室里出来，而妻子正好和孩子在一起搭积木，她没有主动站起来拿啤酒倒给丈夫喝，男的对她说："喂，啤酒。"妻子却还说："我现在走不开，你自己拿一下吧。"

"50代"（50—59岁）排第一位的是："老公要出门了，妻子却还没起床。"电视画面是男的一个人拎包上班，妻子没有拎着丈夫的包送到门口，只听现场的观众一片嘘声，认为这太过分了。主持人还说："50多岁了还做出这种事，肯定是年轻时就被宠坏了。"好像得到了大家的认同，实属无法忍受。

如果妻子是个全职太太，这么要求还情有可原。中国双职工家庭多，无法忍受的应该是妻子吧。妻子在照顾孩子的时候，丈夫洗完澡想喝啤酒，自己从冰箱里拿出来自己倒就行了嘛，这在中国是理所当然的。

在孩子还需要父母照顾的时期，不用丈夫分担家务，容忍丈夫在非吃饭时间还喝啤酒，说不定还被认为是蛮宽容的好妻子呢。50多岁的妻子，不上班睡个懒觉也无可厚非呀。在上海，丈夫宠爱妻子，会被认为是美德，很有绅士风度的，可到了日本却变得如此大逆不道了。

看来女人还是做中国人，做上海人吧。

2月9日

95. 温泉天堂——别府市

日本人过阳历年,因此在年三十、初一我都有课,而且一年级去长野县滑雪、去东京迪士尼乐园修学旅游,带队的是班主任,没我的份。三年级课已结束,每天只有一节二年级的课,这太不爽了。正好位于大分县别府市的立命馆亚洲太平洋大学有个春节联欢会,我决定给自己放假。好在教务长很好说话,和我一起上课的滨砂老师也是个痛快之人,让她代课,加上后3天的连休,这样我就踏上了有一周假期的旅游征程,去号称"日本温泉第一"的别府市。

从福冈坐高速巴士2小时就到了别府。别府市三面环山一面临海,是个有12万人口的小城。一进别府湾,眼前呈现的是一派袅袅炊烟、小小村落那种久违的祥和景象,心中一阵温暖。其实那不是炊烟,只是温泉的热气,别府市真不愧为日本的温泉天堂,这里有的下水道口甚至都在往外冒热气。

据说别府市内有2 909处温泉孔,占全日本的1成以上,每天温泉涌出量超过13万吨。别府市内的公共温泉有200处,平时市民都会去这种温泉,当地居民是不收钱的,或象征性地收一点钱比如100日元,也就是说,吃一碗面条的钱可以洗一个星期了。还有和文化馆建在一起的公共温泉,市民可以先到温泉泡泡，然后在文化馆喝喝茶、聊聊天、看看杂志，温泉和市民生活已融为一体了。

多数公共温泉都祭奉着药师神，当地居民都对药师神非常恭敬，浜胁温泉的药师节、铁轮温泉的汤浴节等都是当地有代表性的庆祝活动，表达了人们对温泉的感谢之心。现在每年的4月1日定为"温泉感谢日"，这天市内超过百处的公共浴场和旅馆的高级温泉都免费开放。

还有就像德国人家里有啤酒水龙头一样，别府市的很多公寓家中浴室放出来的水就是温泉水。

同学开车在车站等我。她也是上海人，在她家吃了一顿有点上海小资情调的晚餐，喝了杯英国红茶，接下来的任务就是去泡温泉了。

第一天我们去的是最常规的温泉，浴资是370日元，也就是半碗面条的价格，有室内温泉池、露天温泉池、按摩池、桑拿室。桑拿室外面还有一个冷水池，我们从桑拿房出来的时候，真还有位女士泡在那里。据说刚从桑拿房出来，人体的毛孔是张开的，往冷水池里一跳，毛孔马上收紧，对美容有好处，看那女士手握双拳，咬紧牙关的样子，我脑子里一下子就闪出了"钢铁是怎样炼成的"，烧得通红的铁块，往水里一浸变成了钢。钦佩之余，我是绝不会尝试的，比美容更重要的是舒服、健康，再说我看她也并不美。

 2月10日

96. 流行的岩磐浴

据说现在日本最流行的是岩磐浴，汽车开过街区可以看到大大的广告牌。岩磐浴不同于温泉。温泉要有泉眼、浴池，泉水哗哗地流，而且一般都离开市中心繁华区，无论是温泉的庭院还是露天浴池，完全是日式的感觉。沙子浴要在海边的沙滩，也要有温泉。但是岩磐浴不同，只要有电就可以了，所以可以开在闹市区。

我们去的岩磐浴室开在大楼的四层，出电梯映入眼帘的店门有种豪华的感觉。一进门，服务员马上迎了上来，让我们坐在休息室的沙发上，端来两杯茶。我观察一下四周，有点像欧式，有点像泰式，又有点像中式，暗暗的灯光，服务员轻轻的话语，整个氛围让我觉得像上海的高级美容院。

我们被领进上面相通的两个房间，这也像上海的美容院，只是房间的中央不是一张床，而是一个地铺，旁边有一个小茶几和一个地灯，茶几上放置一个茶壶和一个水杯，一边的地上有个托盘，上面放着浴衣。服务员示意我如何换衣、躺下后，退出房间拉上了门帘。

周围安静得出奇，一个人换衣后，躺在热乎乎、硬邦邦、凹凸不平的地铺上，有种异样的感觉。我看了一下毯子下的地

铺，是用鹅卵石砌成的，怪不得高低不平。下面通电，就像电热毯的原理，上面铺一条毯子而已。人睡在上面再盖一条毯子，毫无神秘之感。

睡一会儿，觉得热了，再睡一会儿，觉得口干舌燥，怪不得小茶几上放一壶水。等我把一壶水喝完，也到时间了，然后进淋浴房冲洗一下，所谓的岩磐浴就算洗过了。

我只是觉得去体验了一下新事物，说不上是舒适的享受，也没有想再去第二次的欲望。可为什么岩磐浴会流行起来呢？

 2月11日

97. 体验被"活埋"的感觉

传统浴、流行浴都泡过了，今天该有一点特色的了，同学说带我去海边体验沙子浴。

所谓的沙子浴，就是在海边砌两个大沙坑，晚上里面放满水，温泉不断地放进来，又从另一个口子流出去，把沙子都泡热了。白天两个沙坑轮换着使用，冷了就再放点温泉进来，热了就把水放掉，把人放入里面，一个沙坑两排也就能躺10人左右。

进门买票，卖票的老太给了我一件厚厚的浴衣和一把衣帽箱的钥匙，叮嘱我把衣服都脱了才穿浴衣。是啊，穿了内衣裤的话，都得让沙子弄脏的。

两个年轻的女工作人员正在不停地挖坑和掩埋，坑里已经一排躺了5个人。工作人员又把沙子挖了一个浅浅的坑，头部和脚部位置堆了两个小高地让我躺下去。看着眼前的沙坑和站在一旁手拿铁锹的工作人员，我突然有一种英雄就义的感觉，但还是毅然躺了下去。躺好以后，她就开始把我身边的沙子一锹一锹往我身上堆，那是用温泉浸泡过的，冒着热气的湿沙子，压在身上好重啊，我闭上眼睛体会一把被活埋的感觉。工作人员一边往我身上堆一边问我："没问题吧？"

东瀛700天

小岛日记

当然没问题，我不就是花钱来买这种感觉的吗？一会儿，我的身体被堆成一个小山包，仅露出了一张脸，动弹不得，就像一个坟堆。

当然也可以睁眼看天、看大海，但是太阳很晃眼。工作人员在我的头旁边撑起一把小花伞，又去挖下一个坑了。

不到半小时，被埋的人都被热沙子压得浑身冒汗，这时工作人员让我们先伸出两手，然后起来，进淋浴房冲洗。

去了一趟"鬼门关"的我，坐上汽车后觉得浑身轻松，对我同学说："去饭店，我要好好享受一顿。"

2月14日

98. 人情难却的情人节

　　刚过完新年，商店、电视的广告马上就换上了情人节主题，各个商店、超市也在最显眼的地方摆上了各种巧克力。日本的情人节主要是互相赠送巧克力，而且不限于情人之间，工作单位的同事和家人之间、师生之间都送。日本人称其为"义理巧克力"，就是"礼仪巧克力"的意思，是联络感情的一种表示。日本的情人节准确来说，更像是人情节，当然也有女士趁机对心仪的男士真的表达感情的，那就要在巧克力之外再添一条领带之类的礼物了。日本人讲究包装，有人气的男士桌子上会有一堆漂亮的礼物。但人人都会有"礼仪巧克力"。

　　日本一年过两次情人节，2月14日是女士送礼物给男士，3月14日是男士送给女士，并且价值要高出女士送的一倍。倒也不用我犯愁，学校以年级为单位，送给本年级的男教师每人一小盒巧克力。

　　还记得在长崎的情人节夜晚，天下着蒙蒙细雨，正无聊地看着电视，电话铃响了，对方是个陌生的男士，问我是否可以打扰一下。哦，原来是个骚扰电话，正闲着，骚扰就骚扰一下吧，我客气地说："可以。"对方显然有点出乎意外的惊喜，马上告诉我姓名、工作单位，哭丧着告诉我他失恋了，并对我讲

东瀛700天

小岛日记

了一个完整的故事。听完故事后,我觉得他不能算是失恋,女孩也许只是不讨厌他,和他喝了两次咖啡。昨天女孩告诉他自己有男朋友,要和男朋友一起过情人节,他受不了了。我像个心理医生,耐心地听完了他的故事,然后再开导他,他也好像平静了许多。

其实,有时候一个人需要倾诉。他只想找一个人倾诉,乱拨电话,正好我这个闲人"中奖"了。我问他:"今天是情人节,你没有收到巧克力吗?"

他说:"收到是收到了,可都是'欧巴桑'送的'礼仪巧克力',没有喜欢的女孩送的,也没人和我一起过情人节,所以很伤心。"

可能我的声音比较年轻,最后他问我能不能见我一面。哈哈,我告诉他,我也是"欧巴桑"呀。

我倒是很感谢他,让我过了一个不同寻常的情人节。

2月17日

99. 安装火灾报警器

随着有老人的家庭和单身居住的情况增多，火灾的危险度也在增加。日本的木结构房子多，再加上一般家庭都用煤油取暖炉，所以冬天很容易发生火灾，市里要给每家安装一个火灾报警器。

前几天，一张印有全楼房号、名单、安装时间和用户希望的上门时间的调查表放在桌上，用户在上面画两个圈就行了。过两天又来一张明确的时间表，我家是周六11点至11点15分，是我选的时间段里。

今天是周六。上午听到了"突突突"的钻墙声，警报器要装在榻榻米房间的天花板上。我想象着上海安装有线电视的情景，已做好了打扫卫生的准备。

11点门铃响了，门口站着两位安装工人，笑呵呵地说要给我添麻烦了。他们把工具包等放在玄关，脱鞋穿着袜子进屋。一个拿块小黑板，上面写着我的房号，把小黑板举在安装警报器的地方；另一位拿起照相机，拍了一张照，然后搬进一只小铝合金梯子，开始钻洞。可是没有一点灰，什么情况？原来钻头上套有一个类似通下水道的橡皮碗，吸在天花板上，把灰都接住了。另一位手里拿着干湿两块抹布，接过钻头，送上抹布，接过抹布又递上警报器，3个螺丝一拧，完成任务。

接着他们又拿照相机拍了一张照，拉一下开关响了，让我签字。有条不紊，前后只有10分钟的时间。最后他们退到门口又对我鞠躬，感谢我的合作。当然我也向他们表示感谢，没有任何需要我打扫的地方。

细节决定成败，一个橡皮碗，两块抹布，这点小动作谁都能做到，就看你做不做了。

2月24日

100. 日本舞蹈发表会

今天是小岛的舞蹈发表会，各种流派的日本舞班都有人登台表演，真有百花齐放的感觉。

日本经常有这种发表会，都是业余人员表演，其实就是给那些业余爱好者一个展示的机会；舞台、灯光、音响、背景都很专业，文化馆的会场也不亚于任何剧场，节目单都做得非常精致，不需要买门票，欢迎大家去捧场。

表演分上下午，中午是休息时间。我来到后台，只见大家都忙着化妆、穿和服，洋溢着业余人员登台表演的喜悦和忙乱气氛。

本来绫子老师也让我表演的，只是我这三天打鱼两天晒网，实在没到登台表演的水平，我没自信，她也只得作罢。但和我一起学的学员和教我们的绫子老师今天要登台表演，所以我也早早地来到文化馆，坐在台下当观众，为他们鼓劲。

下午表演人员中有一个欧美人，虽然她也身穿和服，手拿扇子，认真地做着每个动作，但我怎么看都觉得别扭，脑子里跳出来"邯郸学步""东施效颦"等感觉，完全没有日本女性所特有的，像歌词里唱的那种悲切切的，对爱的追求、期待的感觉。

我在想,为什么会有这种感觉,也许是我坐得太前面的缘故,她显得太高了?也许吧。她本身长得高,不是日本女子那种悲欢离合后让人同情的娇小弱者形象。

总之,今天观看了舞蹈发表会后,很受打击。有了一个新发现:日本舞蹈只适合于需要人呵护的小个子日本女子,不适合像我这样的高个子。心里打定主意:为人为己,今后只学习不登台。

2月28日

101. 学生的谢师宴

　　学生送给我一张自制的漂亮请帖，那是毕业生的谢师宴请帖，地点定的是中国饭店。我对日本的中华料理一点也不感兴趣，但这是学生的邀请，我当然欣然前往。

　　饭店的一楼是中国式的桌椅，二楼是日式的榻榻米，谢师宴定在二楼。房间的中间是由多张小桌子拼成的大长条桌，师生30人围坐了一圈。谢师宴主角是学生，而且日本法律规定未成年人（日本20周岁才算成人）不准抽烟、喝酒，所以只有饮料没有酒，相对会费只要付1 500日元，从来没有过的便宜。

　　菜量、菜式也很适宜，三菜一汤的标准，炒虾仁、咕咾肉、炒面和一个三丝汤，外加一盘蛋炒饭。

　　饭过三巡，接下来是学生发言，每人谈了感想，反正我听下来多数的意思是：本人不爱学习，能顺利地高中毕业，进入大学，感谢在座的各位老师。

　　接下来是老师们的发言。轮到我发言，因为有3位毕业生将去上海外国语大学留学深造，我特别对那3位学生提了点希望，希望他们能成为中日交流的彩虹桥，有宽广的胸怀和开阔的视野，懂得欣赏异国文化。

最后是高中3年间的3位班主任讲话，都讲得情真意切，特别是高三的班主任小玉老师，一位男教师，竟说得泣不成声，说得女同学们也个个泪流满面。小玉老师说："有时我都气得恨死你们了。"

一句话又说得哄堂大笑，高中的师生关系确实有点像家长对孩子的感觉。

学生又拿出了一个纸箱子，一箱的"垃圾食品"，大家就在吃吃薯片、巧克力中结束了谢师宴。

 3月1日

102. 庄重的毕业典礼

今天是毕业典礼，体育馆铺上了一层可以穿鞋行走的薄膜，四周围上了喜庆的红白相间的帷帐，场内整齐地摆满了折叠椅。后场中间是一、二年级，两边是家长，前场中央是毕业生，靠里的侧面是贵宾，靠门口的一侧是教师。主席台后面围上了金色的屏风，旁边的一侧小台子上摆了一盆青松。校长穿上了燕尾礼服，其他老师和家长来宾也都像是出席婚礼似的穿上了正装。

一、二年级排着队安静地坐在自己的座位上，家长和贵宾也陆续进场，学校的交响乐队在后面的一角，随着各种场面演奏着不同的曲子，一切都显得那么神圣而隆重。

9点52分，教务长宣布典礼开始，随即乐队又奏响了乐曲。体育馆后面中央的大门打开，230名毕业生，在7名身穿正装或和服的班主任老师的带领下，在全场的掌声中依次进入了会场。每班分坐四列，到齐一鞠躬坐下，一列接着一列。最后一名毕业生坐下时，一段乐曲也正好结束，一切都进行得那么有条不紊而又如此精确。

然后是唱国歌，校长给学生代表颁发毕业证书，校长致辞，市长致辞，教务长宣读县教育委员会致辞及各方贺电名单,在校学生送辞,毕业生代表答辞,全体唱《友谊天长地久》和校歌,最后宣布典礼结束。典礼进行时有好多学生和老师在流泪,我想3年中的酸甜苦辣可能在这一刻都化为了美好的回忆。

全体起立,掌声送毕业生离场,送贵宾离场,接下来是毕业班回自己的教室,从班主任手中接过毕业证书。家长全都坐在教室的后面,每个学生都在抽泣中讲了分别的话,家长也含着泪,不断地摁下相机的快门,留下孩子成长的一页。

乐队又转战校门口,用优美的乐曲欢送着每一位来宾。

这里我想说的是,我国学校的开学典礼、毕业典礼、运动会、文艺节,也应该多让家长和一些社会人士参加。

顺便说一下,来校的贵宾不仅有教育系统的官员,更有市长、议员等各方要人好几十位。培养孩子是共同的大业,至少要让孩子们感到自己很重要,非常受重视。

 3月3日

103. 女儿节

3月3日是日本女孩子的节日，也称为"偶人节"。这个节日起源很早，上溯到700年前的平安时代。如今的庆祝方式是从江户时代传下来的。女孩从1岁时得到这些小偶人，以后每年3月3日都要拿出来陈列，直到出嫁时带走。而且，据说节一过就要收起来，不然女孩会嫁不出去的哦。

大阪的朋友给我寄来一对可爱的泥菩萨小偶人，我就把它装点在小岛的房间里了。我虽没有女儿，但也有了一点偶人节的气氛。

这一天，有女孩子的家庭都要供出做工精巧的偶人，祝愿家中女孩健康成长。家庭中供奉的小偶人价格很贵，普通的一对也要10万日元左右，大一点的要几十万甚至上百万，不过是一次性投资，不用每年买。

女孩的母亲是长女的话，出嫁时会带一套过来，那就不用买了。家中没有的话，长女的父母、外祖父母或祖父母，会为女孩买一套精美的小偶人。一般的偶人就一对，多的偶人用"偶人架"摆上好几层，最多的可摆七层，而最上一层是皇帝和皇后。

上周，学生志保让我去她家玩时，我看到她家已经摆上

东瀛 700 天

小岛日记

了七层的偶人架。她妈妈告诉我,由于志保父亲家全都是男孩,所以当志保出生时,她奶奶非常高兴,花大钱寄来了这个七层偶人架,中间有一块小木牌上写着志保的名字。不过,也就是像志保家那样独门独院、有很多房间的人家才会摆,不然现代公寓里哪有一间房专门供摆这么大的架子呢?

 3月24日

104. 结业典礼在樱花季节

日本的3月底至4月初是樱花盛开的季节，毕业、就业都在这个时候，也是分别和相遇的季节。

壹岐高中每年有将近三分之一的教师要进行轮岗，而且为稳定军心，要到学期结束的倒数第二天，才宣布调走人员的名单和去向。

今天是这学期的最后一天，早上在校门口碰到了昨天宣布的将要调往佐世保的福田老师，她红着眼圈说："分别是很痛苦的。"

我安慰她："分别是再会的开始。"

其实我也感到很难受，她是我的朋友。听完我的话，她一个劲儿地点头说："对，夏天在佐世保见。"

学校举行了结业典礼，每个要调走的教师要在全校师生面前进行5分钟左右的讲话。轮到福田老师了，她把早上在校门口碰到我时和我说的话又叙述了一遍，邀请我夏末去她家的橘园摘橘子，真是感谢她的情谊。

世上的事情就是如此，当时再烦恼的事，过去了就成了一段美好的回忆。几年的小岛生活，班主任老师们和学生有更多的接触，有更多的故事，今天要分别了，大都是流着眼泪叙述的,更有泣不成声的,台上台下哭成一片。

学校的吹奏部,又使体育馆的上空弥漫起悠扬的音乐。乐声中全体起立鼓掌,学生代表献鲜花,以校长为首的将要调走的老师们每人手捧一束鲜花,其中也有同学个人送的,所以还有手捧几束鲜花的。毕业班的学生喊着老师的外号、爱称,更催生了老师们的眼泪。

老师们依次走下台来,这时全体人员分成了两半,从舞台的正中到底部的出口,中间形成了一条通道,恰似好莱坞明星走红地毯。调走的老师们在音乐声和全体的掌声中,手捧鲜花,一边和学生握手、挥手,一边留恋地慢慢走出了体育馆。

他们将走向新的工作岗位,分别在樱花季节,小岛生活应该会给他们的人生路上留下一段和樱花一样美丽的回忆。

 4月6日

105. 关东之旅

去留无意，漫随天外云卷云舒。为了逃避分别的痛苦和由此勾起的思乡情，我没有参加最后的晚餐，而是踏上了去关东的旅途。

每次途经福冈，同学小罗夫妇都会到码头接我去她家，让我享受家的亲情。可是这次他们夫妇都不在福冈，虽然为我订好了旅馆，可我一下子像没了家的孤儿，心里空荡荡的，让我深感福冈小罗家在我心中的分量。

接下来的关东之旅当然是愉快的，又在我记忆的森林里添加了漂亮的、令人回味的一笔。我见了多年的老友、同学；欣赏了云海之上的富士山；观赏了东京新宿御苑那如霞似云的樱花；重游了怀念已久的箱根森林雕塑美术馆；登上了号称日本第一高楼的"港未来"；从游览车里眺望了繁忙的横滨港；逛了著名的横滨中华街；进了风格酷似旧上海建筑的"横滨大世界"，品尝了号称获得金奖的肉馒头；游览了现代的东京大台场；闲逛了充满活力的涩谷；夜游了有点令人却步的歌舞伎町；参加了家庭欢迎会、街道亲情烧烤会。

朋友自驾带我去了想去的地方。林间小路幽静、浪漫，让人流连忘返。

东瀛 700 天

小岛日记

　　同窗会定在横滨港边高层的意大利餐厅，同学多年不见，却全无生疏之感。欣赏着港口的夜景，美酒佳肴此时已不重要，诗意的烛光，闪烁着心灵的碰撞，不知谁起了一个头，马上引来一桌会心的笑容。

　　同在日本做客座教员的同事，让我在日本尝到了家乡的马兰头拌豆腐干、荠菜饺子、杏花楼的八宝饭，一股亲切的暖流由心往外涌。

　　时间飞也似地流过，像灰姑娘进了皇宫，到了该回小岛的时间。热闹后更显孤寂。暂时的欢乐难以清除心中的阴雨，这次需要安慰的是我，一个人品尝着分别的痛苦，这痛苦是双重的，因为小岛上以校长为首，包括福田老师在内的 18 张熟悉面孔，也已不再等我。

　　可当我情绪低落走出福冈机场海关时，小罗那熟悉的身影，一下进入了我的眼帘，小罗回来了！又来接我了。我一下子抱住了她。明天太阳依然升起。

4月10日

106. 新校长的到来

我又回到了小岛,虽有热闹后的寂寞,却又有种"金窝银窝不如自家草窝"的安心感,美美地睡了一觉。

我恢复了以往的校园生活,在学校门厅换鞋时,意外碰到了新校长,他比照片上要显得年轻、帅气得多,长得不讨厌。记得上学期末,看到报纸上登的新校长照片,我还曾想,要调来一个老爷爷了,可见不能太相信照片。

他客气地把我请进了校长室,问我喝茶还是喝咖啡。一早我喜欢喝杯咖啡,他马上让办公室老师端两杯咖啡、一碟小点心来。

两人交换了名片,漫无边际地交谈起来。他一再告诉我,有困难可以去找他,他是个好人,是个很好的好人。自己称自己是好人,还是个很好的好人,我觉得很有意思,总之,第一印象不错。

不久,教学楼不大的门厅里,多了一尊少女的雕塑,墙上又多了几幅大大小小的油画。本来进门映入眼帘的是玻璃大橱窗,里面放着历届学生经过努力所获得的奖杯、锦旗,现在无形中又多了几分艺术气息。

日本有这样一种风俗,换个地方后升官。新校长来之前是教务长,也许是新做校长的关系,我在他身上,明显地看到那股燃烧着的"三把火"。

回家的山坡上又碰到了他。因为这条路是沿着操场修建的,他站在路旁,居高临下地在看学生们打棒球。他告诉我,他在学生时代也是棒球部的,眼里闪烁着自豪的光芒。是啊,谁都曾经年轻过。

校长室墙上有一幅挂轴,书写的是老子的《道德经》,是上次学生访日时送的。他问我什么意思,我与他解说了一遍。后来我又在网上下载后打印了一张给他,可没想到他却在那张纸上大大地写上我的名字,贴在那挂轴的旁边。我觉得不合适,要他拿走,这样别人会误会,以为挂轴是我书写的了。可他坚持要这样,我也没办法,胳膊拗不过大腿,他是一校之长呀。

4月12日

107. 因欠学费而退学

　　日本是发达国家，基本生活条件都不错，但也有困难户，有无家可归的流浪汉。最让人费解的是日本每年都有因为付不起学费而被退学的高中生。日本和中国一样执行九年义务教育制，高中是要付学费的，但学费不像大学那么昂贵，而且可以分期付款，可每年还是会有人滞缴学费。

　　根据《每日新闻》的报道，2006年全国公立高中拖欠学费人数最多的是大阪和北海道。虽然大阪府教委解释说"热爱学习、按时到校的学生都没有退学"，但还是很令我吃惊。这几天又相继报道了千叶县和佐世保市发生的因拖欠学费而没让学生参加开学典礼的事件。日本的开学典礼主角虽然是学校，是学生、老师，但是受到各方的重视，非常隆重、庄严。高中生是没有经济能力的，拖欠学费是学生家长的问题，学生本人没有过错。不让他们参加开学典礼，在他们心灵上造成的伤害，可能是一辈子的。

　　日本高中（包括职业高中）的升学率达到了97.7%，专家们呼吁国家应有对策，经营公立高中的自治体有保证提供教育机会的责任，应设有减免制度，提供奖学金和借贷机制。

　　在中国农村，也有因交不起学费而辍学的。我记得现在大学有借贷制度了,上学期间申请贷款,工作之后偿还。那高中呢?

据说壹岐高中也有学生拖欠学费,特别是农户,即使是分期付款,每月1万日元的学费还是有困难。但小岛还是比较有人情味的,没有因学生拖欠学费而不让参加开学典礼的情况。

 4月13日

108. 小岛上的中国媳妇

　　一个小小的壹岐岛，居然有好几个中国媳妇，她们大都来自中国北方的农村，通过当地的国际婚姻介绍所来的。她们文化水平都比较低，并且都抱着同一个目的，想通过婚姻来改变自己或家庭的命运。她们认为日本是发达国家，生活非常富裕，即使所嫁的人没什么钱，也可以自己打工挣钱。来日本前，根本搞不清壹岐在哪里、来日本后过怎样的生活。没有感情基础，盲目地来到小岛后才发现，实际生活和想象中的大相径庭。

　　其实道理很简单，如果本人条件、家境不错的话，在当地就能娶到老婆，何必花钱去中国找老婆呢？同样，优秀的现代女士也不会只见一面就领结婚证的。

　　我认识的一位华女士，来自辽宁，朝鲜族，今年48岁了，现任丈夫62岁，还有一个94岁的婆婆。她是4年前来的，丈夫是木匠。来日本时，她在中国的儿子还在上学，当然现任丈夫也结过婚，他的3个子女及孙辈现在都已离开小岛去福冈了。丈夫没什么钱，但基本生活没问题，所幸的是丈夫和婆婆对她非常在乎，她只要回去晚一点，剩下的两人就很紧张，会坐在客厅里等她，因为他们母子俩离不开她。庆幸他们已经有了相依为命的感觉。

应该说她还是幸运的,来岛后,丈夫把工资卡交给了她,对她做的中国东北菜从不挑剔,所以她精神上比较轻松。又让她去学开车,在婆婆和丈夫姐姐的资助下,给她买了一辆小车,这样她下午可以去打3小时的工,在福利院做护工。虽然收入不多,但那属于她的私房钱。房后有一块小菜地,她种了很多菜,她对我说:"等丈夫做不动了,我想做朝鲜辣白菜挣钱。"

看来这是一对比较安定的夫妇。

岛上还有两个年轻的中国媳妇。一个是20岁嫁给了一个50岁的。男方是离异的,有工作。结婚后和公公婆婆生活在一起,生了一个孩子。女方因受不了小岛平淡、没有多少经济收入的生活,在孩子8个月大的时候,带着孩子一起离家出走了。

还有一个25岁嫁给了一个48岁的。男的虽是初婚,但好吃懒做,靠82岁母亲可怜的养老金生活。为了生活,她只能和年迈的婆婆下地种菜,想攒点钱根本不可能。虽然可怜老婆婆,但她还是打算离婚。

壹岐还有几个中国媳妇,但都活得不轻松。我不知该埋怨她们还是同情她们。自己选择的路,愿她们一路走好。

4月27日

109. 小岛相亲会

"婚活"可算是日本的一个新名词。近来日本流行简化语，"婚活"就是为结婚而搞的活动。日本少子老龄化的一个重要原因，就是日本的晚婚和未婚率上升，日本去年的平均结婚年龄女士是28岁，男士是29.3岁。日本政府鼓励大家结婚生子，这样的活动也应运而生。

滨砂老师这两天总是笑眯眯的，脸上满是喜气。果然，她告诉我她和学校的好几个单身老师去参加"婚活"了，报一次名，可以连续参加4周，每个周末都有。我问她上次一共有多少人，她说男女比例是3比11，这个比例也太失调了吧。

她说其中有一个叫天野的男士看上去很不错，她们几个都留下了联系方式。中田老师非常主动，发了很多短信，而天野先生却只对坂本老师感兴趣，会后邀请坂本老师二次约会，可坂本老师约会后，又说对天野先生没感觉。天下的事情往往就是这么事与愿违，如此好事多磨。我想不通的是，滨砂老师为什么那么开心呢？有心仪的对象了？

日本进行了问卷调查，发现不想结婚的人士，不论男女，主要原因是还想有自己的生活，不想被家庭所束缚——女士还想继续工作，男士还没玩够。当然也有像滨砂老师那样的，想结婚而由于机会、条件所限,没有合适的对象。

现代日本人即使是年轻人,也许是受父辈的影响、文化的熏陶,就一般观念而言,还是认为婚后女士理所当然要承担起全部家务,男士也必然要担负起养家糊口的重任。所以还不想负责任的人是不急于结婚的。

我现在的学校,女士已婚者不到30%,70%多是单身,我看里面有一半的人是想结婚而条件不成熟的。男教师的单身比例是25%,多为年轻人,75%是已婚者,夫人大都是全职太太,像随军家属一起来到小岛,在家相夫教子。

滨砂老师心目中的白马王子是王力宏,这太有难度了,我还是衷心地祝愿她早日找到心仪之人。

 4月28日

110. 新校长夫人

也许为表示国际友好交往，新校长请我和英语老师尤嘉周六到他家去做客，邀请完又自豪地添一句："我爱人做的菜是很好吃的。"

周六我和尤嘉老师提着小礼物去了。老校长家我去过好几次，就是那套房，那么熟悉，房舍依旧，可是主人换了，走到房前又让我想起了老校长爱人的笑脸，不免有点惆怅。

开门的是新校长的爱人，她已经在等我们了，热情地招呼我们进屋。客厅里原先的长条桌没有了，换上了一个小橱和音响，音响上面是个照片打印机，饭桌变成了日式的矮桌，放到了里面的榻榻米房间。

日本人基本上都是分餐制的，桌上已经摆放好了4套餐具，4套以生鱼片和蔬菜沙拉为主的下酒菜，颜色搭配得很漂亮，我和尤嘉老师开心地哇哇大叫。

校长喜欢摄影，席间我们又在一起照了相，马上打印了出来。到底是开心的时候，相片上的我们都笑得那么灿烂。

和校长夫人接触时间不长，但已让我感到她是个很善良、很朴实的人。她为那顿饭花了功夫，尽了心，饭菜味道确实也不错。校长家有3个儿子，没有女儿，夫人喜欢做手工活，一

东瀛 700 天

下子与我们有了话题，谈得很是投机。

又是周末，校长出差了，夫人给我打来了电话，说她哥哥给他邮来了家乡的食品，请我去她家做客。两人说说吃吃笑笑，度过了一个非常轻松愉快的周末，我很感谢她。

今天，在校门口，遇上校长和事务长在讲话，我问校长："下一次出差是什么时候？"

他认真地告诉我："17日。"又添一句，"有什么事情吗？"

我说："哦，您出差的时候，我再去您家，您夫人做的菜确实不错。"

他一下反应过来了，沮丧地大声说："啊？我以为你关心我呢。"

哈哈，我和事务长都大笑起来了。

5月7日

111. 日本人结婚不买房

黄金周回请新校长夫妇来家做客。他说儿子放假回来一起来，我以为他是开玩笑，20多岁的孩子一般不肯随父母一起做客了，特别是男孩子。可是校长儿子却很高兴，还真来了。

身边有孩子，自然说起了孩子的事，比如孩子的婚事等。我说起现在上海流传着"媳妇好找，房子难找"的顺口溜，房价一再上涨，父母都在为孩子的婚房而犯愁。他们很不理解，为什么父母要为孩子准备婚房？孩子已经成人、独立了，自己量力而行就可以了嘛。他们的儿子也表示从来没有想过要父母为自己准备婚房。也许是文化不同，自古中国的父母总是尽可能地为孩子着想，特别是现在独生子女家庭较多，尽管房价一直在涨，父母们还在努力着。

在日本，以前是长子结婚住在家里，婚后媳妇要承担全部家务，可现代女孩又有谁愿意承担繁重的家务呢？至少生孩子前还要继续工作，婚后也希望有自己的两人世界，即使是长子也大多在外面租房结婚，再加上现在的年轻人异地工作多，流动性大，像我们现在的学校，老师三年要轮换一次，现实也不允许回老家住。

同样，老人的观念也在改变。日本是世界上屈指可数的长寿国,现代的老人,很多生活上的难题都由社会解决了,本来独立性就较强的老人既不愿意给子女添麻烦,也希望有自己的生活。

日本人不买婚房,还有一个原因就是高昂的房价,多子女的父母不可能替子女买房。一般都是租房结婚,20年后凑足了首付的钱再买房,然后开始还20年左右的贷款,还到退休了,差不多贷款也还完了,开始享受老年生活。当然也有很多人一辈子租房。

房价最贵的当数东京了,据说2007年日本的房价又涨了20%。因为高层建筑舒适气派、安全、抗震性强,越来越受到现代人的青睐,日本人称其为"塔公寓",平均7 000万日元一套,相当于人民币400多万元。而东京市内的好地段,如在赤坂买一套100多平方米的两室一厅、三室一厅,要三四亿日元,合人民币要2 000万元左右,工薪阶层只能望楼兴叹了。

从住房的角度看,还是我们小岛好。小岛什么都贵,但房价便宜,我看住房的广告,一套独门独院的小楼,只要2 000万日元,合100多万元人民币,比上海便宜多了。

5月10日

112. 自立的日本人

来日本后，我总体感觉日本的孩子比中国的孩子自立、有责任心。日本人结婚不会有让父母替自己买房、买车的想法。也许和从小的教育方法有关，我也一直在找答案。

日本大人对孩子很少用命令式的口吻，哪怕是幼儿。父母比较尊重孩子，一般都是用商量的口吻征求孩子的意见，让孩子自己选择，自己做主。

我看到一个还在学走路的孩子摔倒了，刚想去帮他站起来，他妈妈赶紧拦住我，要我别管他，说："对这么大的孩子，原则是'眼不离，手不伸'，让他自己爬起来。"

果然小孩既没有抱怨，也没有等别人来抱，瘪瘪嘴，跟跟跄跄又爬起来了，站起来后脸上竟然还浮现出胜利的微笑。我好像悟到了答案，这就是自立的起源吧。

在日本的路上，特别去旅游点，不论老人还是孩子，都背着双肩包。孩子刚会走路，两三岁开始，出门就把自己用的东西装在自己的双肩包里了，上下汽车都是自己爬上爬下，很少有大人抱着的。

上小学开始，已经是学生自己打饭菜，自己打扫学校卫生了，自己用过的物品、场所会打扫得比原先更干净，这是种责任感吧。

日本的高中生有自己想买的东西时，尽量自己打工买，已经不会轻易向父母开口了。我们班有个学生家里是开饭店的，他很自豪地告诉我，他自己房间里的电视是自己打工买的，就是过年帮店里做新年料理挣的钱。

朋友告诉我，她女儿这两天很高兴，自己买了一辆喜欢的自行车。我问她，你女儿才上高中，你为什么不买给她？她告诉我，女儿喜欢由自己打工挣钱，买一款自己喜欢的样式。哦，我好像又悟到了一点，自立确实是从小培养的。

上了大学更独立了，父母只付学费和基本生活费，日常零花钱得自己挣。在日本，基本上没有不打工的大学生。日本人结婚不依靠父母，也可以理解了。结婚生了孩子，一般也不会让父母辈来带，话说回来，日本的老人也不指望孩子来伺候自己。

5月16日

113. 校门口的募捐箱

四川汶川大地震既让人感到措手不及，又让人觉得束手无策。在大自然的强大威力下，人显得那么渺小和无奈，兢兢业业经营的一点营生，在强大的自然灾害面前，显得那么不堪一击。每天看着网上的画面，心情非常沉重，多灾多难的祖国一定要挺住，有了天灾绝不可再有人祸了。

日本媒体强调中国四川汶川的地震绝不是"对岸的火灾"，日本也应该好好反思，并设立了赈灾募捐电话、网点，政府除了捐款5亿日元外，还紧急组织了救护队，准备去中国抢救。

今天，校门口出现了一个募捐箱，上面醒目地写着"为中国四川汶川大地震捐款"，小小的募捐箱让我热泪盈眶，没想到在我们这个小岛上、在我们学校，会出现为中国赈灾的募捐箱，我从心底里感谢他们。一下子又让我感到人们的善良、可爱，不管是哪国人，都有好心、善良之存在。我赶紧拿出钱包倾囊捐出，在大灾难前、在别人伸出援助之手时，无能为力的我再没有理由吝啬我的钱包了。

早上看新闻，日本的救援队已经奔赴四川青川，正在用先进的仪器探寻幸存者，但愿能早日找到并救出，为中日关系谱写出一篇共同努力的友好新篇章。

东瀛 700 天

我们都是地球的一员,又是近邻,有几千年的友好交流历史,有割不断的文化融合,今日的世界正在向相互依存的形态发展。

5月16日

114. 上海学生来访

"娘家"又要来人了。今年是中日青少年友好交流年,不仅日本学生访问中国,中国的学生也来访问日本。更可喜的是,上海的学生要访问壹岐了。

之前,以谭校长为首的上外访问团来了,这次上海的高中生又要来。谭校长一行仅仅是学校间的礼节性访问,当天就走了。当然还去了我的小屋,大家在一起喝茶说笑,但还没等我回过神来,他们已经走了。

而学生之间的交流就比较高调了。前几周开始上上下下都在忙了,教务长到处联系安排学生的住宿,一下子增加了我对他的好感度。为了让学生更多地了解日本的家庭、日本社会文化,这次不打算安排住旅馆,但几十名学生要安排在日本家庭中寄宿也绝非是件易事。

壹岐高中的学生,当然要和他们开交流会,我们中文班的学生更是要用中文介绍、表演交流。

满载上海学生的大巴如期来到了学校,刚下大巴,学生们显得有些拘谨。这时我用上海话招呼他们,让他们往里走,书包放在休息室,然后进会议室和日本学生交流。一席话毕,他们听得都惊呆了,瞪大眼睛看着我。他们可能做梦也没想到，在日本的小岛，首先听到的竟然是上海乡音吧。

大会由我主持。首先为汶川大地震的受难同胞默哀3分钟，这也是日本的老师提出来的。交流活动有语言类的，也有剪纸、折纸等文化类的，最后进行了文艺演出。

上海学生也表演了节目，一曲二胡独奏醉倒了一大片日本学生。到底是同龄人，活动中一会儿就熟了，互相交换礼物，互留联系方式，到处是欢声笑语。其中，中文班的学生大出风头。和上海学生的交流会圆满结束。

今天去码头送他们已难分难舍，竟有同学哭了。实际的交流接触远胜于说教。愿今后多多交流。祝世界和平。

上海的带队老师对我说："感觉你应该和我们一起回上海的，怎么留下了呢？"

呵呵，那是错觉。

 5月17日

115. 日本人的防灾意识

日本是世界闻名的地震大国，每个月都要发生几次有震感的地震，也许是多亏了那些无数次的小地震而缓解了大地震的发生。

地震就是地球对人们破坏环境的抗议，一种感情宣泄吧。当我们已经拥有财富和快乐时，还要把灾难和忧伤承担下来。

中国发生了大地震，日本在反省：如果这样的大地震发生在日本，会是怎样的状况呢？我们中国人是否更应该反省一下？常言道"有备无患"，不论是发生的还是没发生的，我觉得最需要我们国人反省的是，一旦发生了自然灾害，我们去哪里避难？能避多长时间？

日本除了每年的防灾日进行防灾训练外，日常的防灾意识非常强，学校的体育馆和街道的文化馆是大众常年的避难所，有水有毛毯。一旦发生台风、暴雨等自然灾害，老百姓可以自主去文化馆避难，等台风过了再回去。

学校也有明确的防灾对策，学校要览里清楚印有防灾设施配置图，学生防灾训练规定各自专门的路线、避难场所，教师各有明确的责任分工。

根据日本的经验，当地震发生时，如果在家中，厕所是较好的躲避场所，因为厕所里有水，空间小会互相支撑。如果在房间里，来不及跑往厕所，要以比桌、床的高度更低的姿势，头顶一块坐垫、棉被之类的，躲在桌子、床铺的旁边。如果正在路上，千万不要留在车里，应该以卧姿躲在车旁，这样可能会形成一块生存空间。

我们是否可以借鉴一下呢？

 5月18日

116. 心理辅导教师

　　下午的上课铃响了,心理辅导教师满脸疲惫地上教员室来拿盒饭。我正纳闷呢,坐在身旁的小宫老师说因为学生太多,辅导老师都错过了吃午饭的时间。

　　高中生正处于青少年逆反期的后期,会出现一些心理上的障碍,处理不好会走向极端。

　　在强调集体主义的社会,校园欺凌现象的日趋严重与社会、生活环境的变化有很大的关系。现在的孩子放学后基本不会和邻家孩子有多少交流,缺乏孩子间的社会规则和处事能力。

　　随着校园欺凌现象越来越严重,政府甚至想立法来阻止校园欺凌,但有时又难以界定。比如,不和你说话、孤立你是否算欺凌这很难量化,因此欺凌依旧,看你不顺眼就可以找茬,故意和你过不去。日剧和动漫里我们经常可以看到,据说实际有过之而无不及。

　　我同学的儿子刚来日本时就受到过欺凌,后来我同学出面,发了狠话,校方考虑到国际影响,最后让欺凌者转学了。

　　开学初,早会时,教务长曾给我们介绍了一名心理教师,说这学期在保健室旁,新设了心理保健室,心理老师每周三来

我们学校，倾听学生的烦恼，进行心理辅导。没想到会有那么多的学生去找她辅导。

日本家长表扬孩子时，一定会说："这孩子很懂礼貌，心地善良。"而不会说这孩子学习特好。在他们看来，人品和性格比学习重要得多。

这次又调查学生的欺凌状况了，小玉老师拿着调查表对我说："总调查学生的欺凌状况，老师间的欺凌状况怎么一次也不调查？吴老师这么欺负我，我都无处申冤。"

哈哈，小岛的学生之间还是很和平的，有烦恼但没见欺凌。老师多轻松啊。

6月4日

117. 在日本包粽子

为写一篇论文，耽误了我好多时间和想做的事情，幸亏稿子截止日为5月31日下午6点前，不然我还得继续耽误下去。

世上的事真是难以预料，事情都会转化的，好事会变成坏事，坏事也能带来好事。一场天灾，让国人更齐心、更有凝聚力，也让我们感受到日本人民对中国的善意。所以我们在顺利时不要太得意，受到挫折时也不用太沮丧，一切都会转变、都会过去，唯要注重的是珍惜今天。

这几天，学校进行了为期一周的全校献爱心活动，每个班都有一个可爱的募捐箱，小箱子的正面上是四川地震的照片，下面写着"100日元可以买14份治腹泻的药或16份眼药水或3份治疗肺炎的抗生素。"老师每天早上把小箱子抱到教室里，傍晚又拿回办公室。每天看着这种情景，我心里暖洋洋的，真不知怎么感谢他们才好。

马上要到端午节了，小岛上没有卖粽子的，也没有人会包粽子。我想包点粽子以表达我的感激之情。前几天正好脱稿，一身轻松，福冈小罗来岛游玩，我和她走了十多里路，觅到了一点芦叶和较宽的竹叶。

东瀛 700 天

昨天我在家忙了一天,包了好多可爱的小粽子。今天一早拿到了大办公室,放在中间的大桌上,粽子散发着阵阵清香。早会时,我对大家说:

"当我每天看着受灾的画面,最难受的日子里,你们的爱心温暖了我。粽子不是什么值钱的东西,但和中日文化交流一样,历史也很悠久,它凝聚了我的感谢之情。"

大家都是第一次吃用新鲜芦苇叶包的中国南方的小脚粽子,纷纷向我表示了感谢。

包粽子包得我有点累,但我很满足。

6月7日

118. 大阪老朋友来岛

"有朋自远方来,不亦乐乎。"

老朋友宫川先生一家要来岛。这是件大事,我早早做了准备,借来被褥借汽车,买菜买酒买水果,要安排好他们的吃住行,还真忙得不亦乐乎。

宫川先生是位牙医,是日本古墓考古学者,也是我学生时期作为短期交流学生寄宿的房东。那时的宫川先生刚50出头,女儿还是名高中生。宫川夫人是个护士,在旁忙着家务,时而插上两句,时而开怀大笑,是我喜爱的可爱型知识女性。宫川先生知识渊博、口若悬河,虽然在他那儿只住了几天,我们从古至今、天南海北地交流,我是搜肠刮肚、绞尽脑汁地积极应对。

宫川先生一再为当年日本的侵略行为向我致以歉意。告诉我1945年1月,刚12岁的他竟然也从学校收到了参军的报名表,拿回家后,父亲勃然大怒,告诉他:"我们要和平,不要战争,把报名表退回去!"

表虽退回去了,一家人却一直担心着有一天他被抓去当兵,幸亏那年8月日本宣布投降,才得以安心生活。所以,他非常珍惜今天的和平年代。临走时,他再三表示,时间太短,今后一定要保持联系。真的，如他所言，我们后来一直保持了20多年的联系。每年新年我们都会收到对方的贺卡。这期间我去过几次大阪，他们也会到我在日本的暂住地相聚，哪怕这次我到了九州的小岛。

他的女儿已远嫁北海道，这次要先乘飞机去大阪，再与父母一起来小岛。

滨砂老师借给了我们加满油、擦得铮亮的爱车。事务长像个导游，带着我们四处游览。托朋友的福，我饱尝了壹岐古文化的气息。小岛不仅历史悠久，原来还有很多古墓。凭着事务长的面子，博物馆馆长给我们做讲解，还带我们去古墓，用钥匙打开了生锈的门锁，我觉得阴森森的，不想进去。可是，宫川先生是研究古墓的，兴奋之情溢于言表，得到了大大的满足。

我有课的日子，他们自己出去，晚上回来也有说不完的话。

紫阳花是长崎县的县花，又赶上了小岛紫阳花会，每人领了一盆紫阳花。宫川先生说："拿回去种在家中的院子里，以后每年开花，就会想起壹岐。"

到码头去送他们，有点寂寞。宫川夫人戴着礼帽，穿着及地连衣裙，蕾丝手套一直连到胳膊。

我说："你真像个贵妇人。"

她一听又哈哈笑起来，说是："奇怪的奇夫人。"

日语中"贵"和"奇"，是一个音。

 9月15日

119. 日本的敬老节

今早一进办公室,教务长就告诉我,书报架上新的《长崎教育》杂志刊登了我写的《跨文化交流》一文。我在文中着重阐述了跨文化交流和接纳不同文化的重要性。

今天是日本的敬老节。

日本人到42岁时才可以称"寿"过生日。对日本男士而言,42岁是道大门槛,称为"厄运年",能平安度过这一年是非常不易的。

通常42岁被称为"初老";到60岁时,我们称作"花甲",日本称为"还历";77岁时为"喜寿";88岁时为"米寿",因为一个"米"字,上下正好是正反两个"八"字;99岁为"白寿",即百字少一横。活到百岁就是"百寿"了。

每年9月15日,日本各地都要开展敬老活动,为老人体检、整理修缮房屋、敬赠纪念品、组织慰问等。老人则根据自己的爱好,开展有益身心的活动。日本老人最喜欢的活动是打门球。日本老人到中国,看到中国老人们一早在公园里,打太极、跳舞、唱歌,惊叹羡慕,感慨万千。

日本厚生省在这一天还要发布"长寿者名单",登载在各地报纸上,只有百岁以上高龄者才能入围。

东瀛 700 天

日本是世界长寿国，老龄化严重。相应的老年产品也应运而生。除了生活用品，精神需求也日益高涨。而老人的日常生活、护理，单靠政府的养老设施是远远不够的。有习惯问题，也有经济问题。日本现在采用一项老人的积分制，就是年轻的老人去帮助年迈的老人，所谓的"前期"帮助"后期"。服务也没有金钱收入，只是给前期老人积分。以后前期也到后期，需要人帮助时，可用这个积分。

最近，有一个很受欢迎的、老年人做的讲座，很是幽默，引得同龄人开怀大笑。电视上也播放了。我只记得，演讲者对老人的定义是：

"什么叫老年？记住1个，忘记3个的。牙齿没了，头发没了，前途也没了。这就是老年。谁说老年人不勤快？至少上厕所勤快了。"

呵呵，老了也真好，百无禁忌。

9月28日

120. 日本人的四大"怕"

今天又和滨砂老师一起去超市购物，我俩都买了生鱼片。滨砂老师说："现在能轻易地吃到生鱼片，但是小时候这只是父亲独享的待遇。妈妈和小孩都只能看不能吃。"

我问："那现在呢？"她回答："可能是从小耳濡目染的缘故，已经成了习惯，父亲喝酒还享有特别准备的菜肴。"日本男士在家中的地位可见一斑。

日本的俗语里有所谓的"四怕"，以前是火灾、地震、雷电、台风，或火灾、地震、雷电、黑熊，后来又变为火灾、地震、雷电、老爸了。

"四怕"中"三怕"是自然灾害，这也与日本自然灾害频发有关。日本自古以来建房使用木结构，所以一旦着火，很容易诱发大面积火灾，难以逃生，所以放在了第一位。

日本人的第二怕是地震。日本的地理位置正好夹在两块大陆板块之间，很容易发生地震，有感地震每月都有几次。因而每个家庭都有防震救急包，地震一旦来临，市民都知道自己应该怎么做，能够从容应对。

雷电是日本人的另一怕，电闪雷鸣往往还伴有火灾、台风。

最后一怕就是老爸了。日本自古是男尊女卑的社会，男士要承担养家糊口的责任，在家里的地位是至高无上的，而且日本人喜欢沉默寡言的男士，男士一般都话不多，一脸的严肃，很令孩子害怕。现在的男士早上出门时孩子还在睡觉，晚上回来孩子已睡着了，还有出差和单身赴任的，和家人亲近的机会很少。所以将父亲与常发生的地震、雷电和火灾这三大自然灾害列在一起，可见日本小孩在家中对老爸的恐惧心理。

10月8日

121. 棒球教练王贞治卸任

别以为日本只有足球厉害，棒球才是国球。

日本人对棒球的执着、热爱程度绝不亚于中国足球小组出线时，国人对足球的狂热程度。日本男孩都向往成为棒球选手，每个学校都有棒球队。

全国高中甲子园棒球大赛，有4 000所学校通过淘汰制争夺冠军，其受关注度和群众的热情度，都是其他赛事无法比拟的。甲子园所代表的青春、理想，无论是球员还是观众都能收获催泪的感动。

日本人会为本地区的队伍加油。获胜的球队会升校旗、唱校歌、啦啦队、吹奏部和家属队都为之疯狂。家里有孩子是棒球队员的话，那是英雄，是全家的光荣。比赛虽然安排在暑假的大热天，但人比天更热。

昨天，仙台市沸腾了，因为是棒球教练王贞治率领执教的棒球队参加的告别赛。当穿着89号球衣的王教练走进球场时，全场欢呼，球迷的鲜花、眼泪，感谢的大横幅，醒目地出现在球场上。

王贞治是出生在日本的中国人，原籍为浙江青田县。以"稻草人式打击法"闻名，其球员生涯一共打出了868个本垒打,成为世界纪录保持者。1977年荣获日本国民荣誉奖。

他隐退后先后执教于巨人队和鹰队。2006年3月担任日本棒球代表队的教练,参加第一届世界棒球经典大赛,获得冠军。

2008年9月23日,他因健康原因宣布卸任。

10月21日

122. 校庆——与校友的辩论赛

今天，在壹岐文化中心的礼堂，为迎接建校100周年，历代毕业生就当年的高中生活和就业观，进行咨询、辩论性的对话。在国内时，我曾做过学生辩论赛的评委，很乐于参加这类活动。

我早早地就进了会场。会场布置得很像大学生辩论赛场地，令人期待。

在校生和毕业生被分成两个代表队。主题为：高考前，如何平衡学习和课外活动的关系。

特邀嘉宾，壹岐文化馆北川发言："希望建成北地区喜欢的学校。"

平田是历届毕业生中最老的学员了，1954年进校。他说："那时生活很艰苦，信息也不发达，但是高中生活非常愉快，治安非常好。"还告诫学生，"成功的关键是判断力，只有知识才能提高自己的判断力"。

锦西是1967年的毕业生，那时日本刚开完奥林匹克运动会，经济高度发展，生活变富裕了，但也是比较动荡的年代。他告诫学生："社会是严峻的，不能稍遇困难就轻易放弃。"

野元介绍自己家里养了150头牛，衣食无忧。他提出的希望是"父母会发挥作用,不要成为吃吃喝喝的家长会。"

筱原是 1997 年毕业、最年轻的嘉宾。在壹岐市政府工作,高中只记得一直挨老师的训,但国语考了全国第一。他告诉学生:"当今时代,很小的事情会有很复杂的程序,并会产生很大的影响,人需要一种精神。"

可能是年龄上、经历上的差异悬殊,在校生并没有发言。辩论赛就这样结束了。这和宣传广告纸上的描述大相径庭,和国内辩论赛上的唇枪舌剑完全不是一个风格。

充其量只能说是"校友寄语"吧。

 12月5日

123. 日本人的集体主义

美国一名外交家所著的《日本人》一书中认为：日本人和欧美人最大的差别是日本人强调阶级的倾向，日本人有强烈的求同心，虽各司其职，但强调在集体中发挥个性。日本人对此也没有反对。

昨天，我和考古中文学科的主任带着6名三年级学生去福冈大学听课。

因福冈大学也有中文学科，该大学希望我们的学生报考他们的学校，欢迎高中生去参观、听课、体验大学生活。原本计划上午参观，下午听课，结束后一起回岛。

上、下午按计划顺利进行，而就在一行人准备去船码头打道回府时，接到了通知，船只因大风停航。这如何是好？

主任跑到门外与各方打电话联系。我闲着，就与学生沟通，有四名同学表示，他们可以留在福冈，住在福冈的亲戚家，明天早上直接去船码头和大家一起回学校。我觉得很好。我对剩下的一名女同学说："你今天可以和我一起去我同学家住。另一名男同学可以和主任一起住旅馆。"

我觉得这样安排很好，既可以和亲友相聚，又可以为学校省点钱。主任继续在打电话；我给同学打电话，他正在下班的路上，于是我想让他来接我们。过了一会儿，主任打完电话过来了。我和他说了我们的安排："我们5个人已经落实了。你带一个学生住旅馆，明天早上我们约好时间一起乘船回学校，你看这样行吗？"

他想了想说："不行，我们一起出来的，晚上得住在一起。"

他接着打电话找旅馆。我让学生马上去买洗漱用品，去便利店买晚饭，他要订的商务旅馆，肯定是不提供的。我赶紧给我同学打电话，让他掉头回家。按中国人的思路对付突发情况的合理安排，在日本看来行不通。

 12月11日

124. 再遇老校长夫妇

由于我校学生参加中文演讲比赛屡次获奖，前两天去参加比赛还包揽了一、二等奖，甚至和大学生同组比赛也获了奖。县教育委员会觉得有必要交流一下经验，来提高各校的教学水平。于是安排我去佐世保高中听课、开交流会。

佐世保高中是老校长现任的学校，在日本的军用港口城市。来这儿一年多，还没有去过呢，很高兴。当然还得会会老校长和夫人。

真可谓跋山涉水，乘船、坐车才到了佐世保，在佐世保高中的校长室见到了校长。老友相见，当然高兴。寒暄了几句，他告诉我："结束后派车来接你，去我家共进晚餐，晚上别去旅馆了，就住我家吧。家内总是提起你。"

听得我心里暖洋洋的。下午听课、开交流会，一切顺利。按时结束，车已在楼下等我。

到家时，夫人在厨房里忙碌，我给了她一个大大的拥抱，笑声在安静的房间里回响。桌上放了三大盆生蚝，说是当地的特产。我们边吃边喝边聊，又享受到了久违的家庭式的温暖，很是惬意。

吃完饭，夫人让我第一个泡澡，想想我是客人，可以理

解。可是当我洗完出来，见夫人在榻榻米房间并排铺了三套被褥。夫人笑眯眯地对我说："你难得来，今天我们睡在一起，你睡中间，我丈夫会高兴的。"

　　一席话惊得我眼睛大了不少，这不是在火车、轮船上的旅途中，是在家里呀！在中国，我真无法想象女主人会让客人和自己丈夫睡在一起。我以今天有点累了，不想再聊天为由婉言拒绝了。等老校长洗完出来，道声晚安，我睡到旁边小房间里去了。

12月18日

125. 大自然的威力

川村的父亲掉到海里去了。

听到这消息,我简直难以相信这是真的。川村是中文班的毕业生,我教过她一年,是个非常懂事、成熟的学生,是学生中和我交流最多的一个,出去参加中文比赛屡次获奖。现在,川村已是上海外国语大学的留学生了。

川村的妹妹智力低下,对谁都好热情,很可爱的,在福利学校上学。我去参加过福利学校的打年糕活动,曾见过川村的父亲,高高大大的,话不多,但满脸是对女儿的爱,听任小女儿的安排,乐呵呵地打年糕,还手把手教我怎么打。

川村的父亲是珍珠养殖场的职工。珍珠养在海里,晚上去查看时,失足掉到海里去了,等同事把他打捞上来时,早已没了生命迹象,就这样走了。

按照日本人的习惯,不管人死在何处,都要搬回家里来守灵。

我和滨砂老师一起去川村家吊唁。进到屋里,川村的父亲躺在榻榻米的房间里,身上盖着被子,脸上没有遮盖,闭着眼睛就像在睡觉。川村的母亲和弟弟在一旁跪着。我见不得这种场面,眼泪无声地流着。幸亏日本人的悲痛不太表现出来,

东瀛700天

不然我更受不了。他们只是跪在地上,一个劲地鞠躬,说着礼节性的客套话:"您在百忙中还过来,真是谢谢啦!"

上了香,递上白包,我又对弟弟说了几句嘱咐的话。弟弟也是壹岐高中的学生,他频频点头。

在回去的路上,滨砂老师默默地开车,我也不想说话。在大自然面前,人好脆弱呀!

 12月20日

126. 日本的葬礼

今天是川村父亲的葬礼。日本凡是重大事情都得穿黑色的套装。参加追悼会当然是一片黑色，我也不例外。

会场门口有个签到台。进门两旁醒目的位置，放着由单位送的花圈。日本人是特别看重人情味的，川村是上海外国语大学的留学生，我赶紧与学校联系，也以上外的名义送了一个花圈，和壹岐高中送的花圈并排放在了显眼的位置。

川村已从上海回到了壹岐，在会场门口碰到了她。她对我说："看到上海外国语大学送的花圈了，我们很感动，谢谢！"

日本人死后一般都要举行佛教的葬礼，请和尚念经做道场。葬礼要搭祭坛，中间放遗像，两侧放荷花灯、鲜花、水果等，棺木头部上方有个天窗，来人可打开天窗与逝者告别。

日本人死后要头朝北，桌上还要放一碗白饭，插上一双筷子。所以，日本人平时睡觉忌讳头朝北，也忌讳饭碗上插筷子。葬礼结束后，对送香典钱的人，要向他们寄感谢信，并回赠谢礼钱，一般是香典钱的一半或三分之一，还要回送日常用品。

日本有各种各样的葬礼。在东京，我还参加过一个朋友的音乐葬礼，满屋的鲜花，房间边上放着一架钢琴，整个过程

有一人弹奏钢琴曲作为背景音乐,司仪在琴声中诉说着逝者的生平。然后每位参会者上去献一枝花,说一句话。

川村的父亲是"创价学会"的会员,又是一种别样的葬礼。念经犹如集体朗诵,有领诵的,有全体一起诵的,我也听不懂他们在念些什么,估计是让逝者平安升天吧。

川村父亲,一路走好。

1月11日

127. 百人一首

新年伊始，第三学期虽已开学，然而处处洋溢着新年气氛。一早办公桌上会有好几样小点心，中间的大办公桌上也放着随意拿取的盒装点心，都是老师们从老家带回来的。

高三学生感觉就差等大学录取通知书了。别人嘛，盼望长长的春假呢。冬天已来临，春天还会远吗？

今天不上课，玩新年游戏。学生全都集中在体育馆进行《百人一首》的纸牌比赛。《百人一首》是由镰仓时代的歌人从《古今集》《新古今集》等歌集中挑选出的700年间100位杰出歌人及每人一首作品，汇集了日本100首和歌，是广为流传的和歌集。江户时代以和歌搭配画作，制成纸牌开始在民间流传。特别作为新年的游戏，一直受到大家的欢迎，代代传诵、家喻户晓，对日本的生活情趣产生了深远的意义。

100张卡片平铺在地板上，每局由两人或多人面对面坐着进行比赛。当吟唱者唱出某张和歌片段时，选手就要赶快从100张纸牌中抢到与吟唱者吟唱一致的纸牌，谁抢到的多谁就赢。因为玩《百人一首》的参赛者需有一定的和歌文化功底，不但要求听力反应快，还要对100首和歌非常熟悉，赢了会非常自豪。

东瀛 700 天

小岛日记

校长把我也列为吟唱者之一，和几位老师轮流吟唱。第一次玩这种游戏，拖长了音的吟诵声在体育馆上空回荡，随之学生们一阵快抢、欢呼。

我也跟着玩了一把文人的游戏。

1月19日

128. 全校戴口罩

　　每天去学校的路上，我要是觉得冷，就会戴着从上海带来的驼色立绒口罩到学校去，一到校门口我就摘下来，防寒戴口罩，特别是那种独一无二的口罩，会很显眼。也许是开车上班的原因，日本人平时不戴口罩，只有在花粉季节的春天和得了感冒怕传染给别人时，才会戴口罩。所以在不是花粉季节戴着口罩的人，那就是感冒了。

　　记得大前年中国曾流行过"非典"，一种从未有过的、传染性极强的病毒，大家都没了方向，全都戴起了口罩。当时让我感到非常难过的一个镜头是，"非典"疑似对象自己不戴口罩。有一对上海夫妇去了广州这一"非典"发生地，回上海后作为重点防范对象，被隔离在自己家里，全楼都不能外出，每天由专人给他家送生活用品、回收生活垃圾。当电视屏幕里出现全副武装的工作人员上他家收垃圾时，开门拿垃圾出来的隔离对象竟然连个口罩都不戴，开着门说话，一点没有会传染给别人的担心和给别人带来麻烦的歉意，面对电视镜头倒是奇怪的有一种当明星的感觉。震惊的电视画面让我记忆至今，庆幸的是那场灾难很快过去了。

　　最近日本发生流感，据报道已经有好几所学校停课了。

东瀛700天

这里也紧张起来，盼望已久的修学旅行就在下周，一年级要去长野滑雪，去东京的迪士尼乐园。这两天全校基本上都戴上了口罩，班主任给学生发口罩，几乎所有人都戴上了口罩，我一下子又有了"非典"时的感觉。

我也感到了嗓子不舒服，像是感冒的初始状态。虽然在全白色的包围中，我的口罩依然显得与众不同，但我仍然戴着，好几位老师来问我："这漂亮的口罩是从哪里买来的？"

我就骄傲地告诉他们："上海呀。"

难为情，怎么也有一种奇怪的当明星的感觉。

一只小小的口罩可以反映出一个人的素质，真希望以后中国的感冒患者也能为了别人而戴口罩。

 1月22日

129. 择偶标准变"低"了

寒假转眼而过，我又回到了小岛。隔壁的尤嘉老师说为了欢迎我回来要会餐，其实她自己也刚从美国回来不久，只是比我早了几天。所谓会餐就是好朋友聚聚，热闹热闹。外面大雪纷飞，四个人围坐在一起吃火锅，有了点圣诞节气氛，一股热气腾腾的感觉，从身体到精神。

英语老师小林当然也来了，好像还意犹未尽，"二次会"转战到了我家。小林老师还是独身，说着说着就说到了她的婚姻大事，讨论起中日年轻人的择偶标准来了。也许是全球化的缘故，中日的择偶标准也是惊人的相似，流行了多年的"三高"——高学历、高收入、高身材，这两年变成"三低"了。何为"三低"？即低风险、低姿态、低依靠。

低风险：希望对方有个安定的职业，如公务员、医生、律师、教师等；低姿态：能像个绅士一样，女士优先；低依靠：尊重对方的生活，不束缚对方，自立。

我想这同样适应于中国，人们越来越追求现实了。

以前日本男人对女人都有一种"跟我来"的感觉，中国又何尝不是呢，也曾有过"三从四德"的年代。但中国的已经过去很久了，现代女性基本都工作，经济独立，精神自立。而日本这种现象现在还存在,不过像小林老师那样,有份安定的工作、不错的收入,她想结婚,又不会轻易放弃自己的生活。

现在日本的职业女性增多了,随着经济地位的提高,政治地位当然也提高了,追求属于自己的时间,希望得到别人的尊重也是可以理解的。但是就现状而言,要解决壹岐高中女教师的婚姻问题,看来希望很渺茫啊。

1月25日

130. 在日本过春节

日本过阳历年，12月31日夜晚是除夕，人们一边倾听寺院里传来的108响除夕钟声守岁，一边吃荞麦面条。它象征着人们对幸福的祈祷，愿它像荞麦面条一样长久。

按照日本的风俗，除夕前要大扫除，并在门口挂草绳，插上橘子，门前摆松、竹、梅，取意"吉利"。除夕晚上，全家团聚，吃过年荞麦面，半夜听"除夕钟声"守岁。元旦早上吃年糕汤。现在，门口摆门松或穿和服的大都是商店和店员了。

今年春节我照例去小罗家，不仅是去凑热闹，还因她家有卫星电视，可以收看春晚。小王夫妇也来了，热热闹闹地包饺子、看春晚。

在中国，大年三十的春节联欢晚会，是电视台一年中的重头大戏，也是老百姓期待的大戏。虽然也有收视率下降的报道，但春晚在中国老百姓心中的地位是任何节目都无法取代的。一家团圆，品美味佳肴，看春节联欢晚会是大家向往的过年法。即使是我们这些身处海外的中华儿女，也要想方设法创造这种氛围，可见春晚在百姓心中的分量。

但是说实在的，我喜欢看优美的、善良的、向上的节目，一个小品"超生游击队"记忆犹新，虽然小品中的主人公犯了错误,甚至可说是犯了法,但是那么淳朴,心中还是充满了对新生活的憧憬,最后决定回家乡开始新的生活。看后让人回味、心里舒坦,而后产生的社会效应更不必说。

这两年的春晚小品,看了心中会有一种苦涩的感觉。去年无论是争当奥运火炬手的老太还是那个军嫂,都把中国的女性丑化得蛮不讲理、见钱眼开、俗不可耐,至少我不太喜欢。

今年的春晚小品,虽然好笑,有可看性,却叙说了只要能脱离农村、跳出小镇,就不惜一切手段,可以下跪磕头称人祖宗的故事,笑后让人有种欲哭无泪的感觉。当然这种事情现实中确实会发生,小品也许是对这一现象的讽刺。可我还是希望看建设美好家乡的小品,因为媒体有很强的导向作用。

看完节目,意犹未尽,大家又在一起聊天,睡觉已是凌晨两点半了。今天我休息,可4个小时后小罗还要去上课,我们的春节日本不放假。

1月28日

131. 照片上了《读卖新闻》

今天是1月28日，中国人喜欢这个日子，因为和"要你发"谐音。而这个日子对我来说更特别，因为今天是我儿子的生日。尽管他懒于联络，可我这个做母亲的还是一直牵挂着他。今天的第一件事，就是要给他发一封祝贺生日的邮件。

桌上的电话铃声响了，竟然是县教育委员会打给我的，告诉我今天的《读卖新闻》上刊登了有关壹岐学校的新闻和我的照片。正好校长进办公室，告诉我今天的报纸已经来了，我们一起去看。

我赶紧去校长室，办公室的小田老师笑眯眯地端来了咖啡和蛋糕。果然，《读卖新闻》的教育版面上，醒目地介绍了壹岐高中的课程和我的课堂教学，还刊登了我授课时的彩色照片。照片上的我穿着缎子的中装夹袄，显得很是靓丽。真不愧为日本第一大报《读卖新闻》的记者，文章不长，但抓住重点，写得生动形象，超过了我的想象，让我感叹文笔自愧不如。

喝着咖啡读着这样的文章真是一种享受，这样的文章要是早一点刊登的话，小岛的中文教育肯定更有人气了，这可是最好的宣传呀。同时我又觉得自己有了一点小小的存在感，很是开心。

东瀛 700 天

小岛日记

　　校长到办公室复印了好几张，一张贴在告示牌上，一张给我留作纪念，还要放到楼上大办公室的中央大桌子上让大家看看。我回到办公室，在电脑上一查，《读卖新闻》网上当然有，文字、照片一点不变，赶紧告诉亲朋好友分享快乐，很快从世界各地有了回信，快乐成倍地增长。呵呵，今天真是个好日子。

2月2日

132. 咳嗽也是病

　　从今天开始,三年级的学生要做毕业前准备,不用上课。周一我只有三年级的课,所以今天很开心,可以轻松自在地度过。但是人啊,总是有一得必有一失,自从上周感到嗓子异样以来,一直不舒服,先是有一点疼,发痒干咳,后来就一阵一阵咳嗽,大概知道我今天没课,昨天晚上竟然半夜咳醒,而后就没有了睡意,睁眼到天亮。一向比较喜欢睡觉的我,不睡觉可是件大事,反正今天无所事事,上医院看一下吧。

　　校保健医生告诉我,市民医院有点远,附近的光武医院患者太多,现在流行性感冒盛行,院内很有可能交叉感染,最好别去。光武医院对面还有一家益川医院,规模较小,患者也少,去了就能看,推荐我去那儿。

　　其实我很想去光武医院,自从去年院长夫人请我吃过饭后还没有碰到过她呢,她是很开心的一个人。她告诉过我,孩子都大了,在家也没事,所以她经常在医院的候诊大厅做导医。如果我去光武医院的话,很有可能会见到她。心里盘算着一般医院里上午患者多,下午患者少,我决定下午去光武医院看看。

　　下午外面阳光明媚,路上有一棵大梅花树开满了花,我这心情不像是去医院看病,倒像是去会见老朋友。光武医院门口的长椅上坐着两个老人,医院里面坐着更多的老人,也许还有年轻人,因为人一到医院戴着口罩,看上去都像老人。

转了一圈也没看到院长夫人。夫人不在,患者又多,自我感觉没什么大事,那就去对面的小医院吧,咳嗽药总要配一点的。

2月2日

133. 在小医院看病

益川医院果然人少。进门得换拖鞋,候诊厅里只有一位老太太,欠身和我打了下招呼,继续看她的电视。大厅一边的工作柜台里,有3位护士小姐在做着自己的事情。一位护士小姐见我进门立刻起身问候,并询问病情,我告诉她咳嗽,她接过了我的医疗保险卡,请我坐在后面的椅子上。一会儿她拿了一张表,走出了工作台,单腿跪在我身边,轻声地问我:"咳了几天了?现在吃药吗?有没有药物反应?能否把症状写一下?"

我如实回答,按要求做。

一会儿她又拿来一支体温计让我量体温,体温计发出"嘟"的一声轻响,她又来了,告诉我没有发烧——这我知道。

又过了一会儿,听到广播里叫着我的名字,让我进诊疗室。诊疗室里坐着一位中年男医生,桌上放着我填写的症状表,他拿出了听诊器,并示意我把羊毛衫领口拉开点,从领口伸进去听了一下,这倒真不错,比从衣服下面伸进来听方便多了,不用患者宽衣解带,同样达到目的。如此简单的动作,为何以前从没想到呢?医生又拿了个小电筒,看了一下我的嗓子。然后告诉我:"肺音很清楚,嗓子也不红肿,没什么事。吃

点药就好了。请多保重。"

这就算看好了，前后不超过两分钟。

我回到了候诊厅，等着拿处方单，因为在日本"医"和"药"是分开的。一会儿又听到喊我的名字了，可护士小姐拿出来的不是处方单而是药，并告诉我药的服用法和所需药费，没想到小医院和中国一样，医院里就配好了药，省了跑药房的步骤，到小医院看病还是有意外好处的。

最后护士小姐对我一鞠躬，让我多加保重，我也就打道回府了。尽管只有两分钟的诊疗，却给了我莫大的安心感，感觉都可以跑步回学校了。

2月4日

134. 意外的发现

时间长了，滨砂老师的闺蜜也成了我的闺蜜，偶尔我们一起外出吃饭。

学校出后门，一路下坡就有一座小寺庙，也就是壹岐商业街的尽头。学校的老师要去银行、便利店、饭馆等，都从这儿走，要比走大门近多了，我也常走这条路。

每次都要经过小寺庙。小岛人少，参拜的人也不多，寺庙前竖着一根刷有本漆的大木桩，我从来也没留意过。中国的庙前也有一根旗杆的，只是日本的比较粗壮。

今天吃完饭又路过这儿，她们问我："这座小寺庙你去过吗？"

我说："没有啊！寺庙都一样的。"

她们笑着说："这座可不一样。"

指着门口的大木桩问我："这是什么？"

我说："是啊！我也没想通，中国寺庙前的旗杆细高，这怎么这么粗壮啊？"

她们捂嘴大笑，悄悄说道："这是男人的阳具啊！"

"啊？"我大吃一惊，仔细看，还真是的。拾级上去，寺庙里就一间房，里面大大小小全是阳具。

我问:"这是什么寺庙啊?"

她们告诉我:"这是保佑子孙满堂的寺庙,结了婚想要孩子的,都会到这里来参拜一下。"

在中国看动漫,有人问我,小丸子上小学三年级了,怎么还和她父亲一起泡澡啊?我告诉他们,日本以前很多澡堂是男女共浴的,现在一般都男女分开了,但至今还有男女共浴场所呢。

日本视"性"为正常生理需求,这是一种对男性生殖器的崇拜。

2月5日

135. 三好老师要结婚了

今天一到办公室，桌子上放着一张印有三好老师结婚照的校内通讯，他的名字可真好，中国评选"三好"男人，他可不用评选，祖先就给了他这个姓。我和他教的科目不同，接触不多，他平日里见人总是笑眯眯的，好像是不错。

通讯上面印有婚礼的场所、时间，还有夫人的介绍，相识的经过和今后的打算。新婚旅行新娘子想去海外，但这次婚礼后，是北海道的三日游。新娘在长崎市的一家保险公司上班，计划工作到年度末的3月底，然后来小岛做全职太太。两人暂时还要过一个多月的"贵族"生活。

婚礼从周六下午2点半开始，婚宴是下午4点半在新长崎宾馆，参加婚宴还要赶场，这在中国不多见，可能会增加点食欲？

田中老师拿着摄像机，分别让老师们说祝福的话语，几位年轻的老师摆着各种姿势，年纪大的老师也搞笑地在头上绑一根红头带，说着祝福话。

轮到我的时候，我特意用中文说了一大堆老套的"互敬互爱、恩恩爱爱、白头偕老"等，尽管谁也听不懂，但肯定知道是在说祝福话。田中老师说以后在下面打字幕，也算是有国际特色了。

校长以学校的名义,在早会时送了三好老师一份礼物,年级也送了一份礼物。集体送的礼,都会在工资单里扣,所以,等于每个人都送祝福了。

日本有一点和中国不同,在中国,不管送不送礼、关系远近、是否去参加婚礼,同一办公室或同一科室的人,肯定有喜糖吃。但是日本没这个风俗,结婚不发喜糖,生孩子也不发红蛋,我总觉得少了点什么。

2月15日

136. 铜版画讲座

　　学校向市民开放的铜版画讲座开始了，由美术老师担任主讲人。我马上被那招募学员的广告吸引住了，立刻给原先中文班的3个学员打电话，她们都愉快接受。开课那天有11名学员，清一色的"欧巴桑"，也就到了我们这个年龄，才有那个闲情逸致吧。年轻的美术老师好像并没有失望，热心地指导着我们，并不断地表扬我们接受能力强，说和教学生是两个感觉，而且第一天就有人出了作品。我想这与我上市民中文课是同一种感受吧。

　　讲座从撕铜板上的薄膜开始，然后用药水磨光，要磨得像镜子一样光亮照人，这也算是制作过程中唯一的体力活了，磨到手酸。但是以我现在的经验看来，不应该用力磨，而是需要用柔软的布料，因为用硬质的布料用力磨，反而会让铜板产生磨痕。接下来涂蜡膜、描画、勾画、放在药水里腐蚀、去蜡膜、涂油墨、印刷，这些是基本步骤。学员们全都是第一次，充满了好奇和求知的快感。

　　学员都很认真，每当有作品产生，都会迎来一片欢呼声。我画的是一本书的封面画：穿着浴衣、木屐的女士，旁边有一只小猫在睡觉，一派和谐气氛，左下方还有我名字的印章。

我按照老师的指导按部就班，一天做一点。计划中的4天课程今天是最后一天，昨天试着印了一张，也许涂油墨后擦得太干净了，印出来的作品淡淡的，不理想。今天又在老师的指导下，做最后一道程序，用撒松香粉末的方法把头发等黑色的部分加工了一下，又有了昨天的经验，作品大有进步，头发比我脑袋上的还要黑。期待的作品终于产生了，应该说超出了我的期望，欣赏着自己的作品，很有成就感。老师说学员的作品都超过了老师的水准，那绝对是善意的谎言，但我们听了都快乐地哈哈大笑。

我的第一张铜版画就这样在笑声中诞生了。

2月21日

137. 喜欢喝酒的日本人

日本人可真是喜欢喝酒，这主要和他们的文化有关，日本国民对酒的宽容度超过了我的想象。男士喝酒就与人要吃饭一样理所当然。即使已经在外面吃过饭了，回家第一件事，还是开冰箱拿啤酒，哪怕是冬天，而且很多还是夫人倒好了递给他，喝了再倒满，也不需要下酒菜。日本人喜欢喝啤酒和清酒，好像度数不高，但禁不住当水喝啊。日本人下班后，会与同事们一起去居酒屋，喝点酒放松一下再回家，那是日本男士的一大乐趣。我常见日本人写字时手发抖，大概是喝多了，酒精中毒。

中国人也喜欢喝酒，特别是来了客人要以酒款待，一般老百姓平日里在吃饭时，特别是有下酒菜时会喝酒，会因喝酒把吃饭时间拖得很长，但在家里很少有人把酒当茶喝的。

日本人在会餐时，一般不给自己斟酒，但来者不拒，不像中国人会说"好了、够了、我不行了"之类的话，只会说"谢谢"。在日本很少见喝吐的人，但喝酒后有反常行为的人比比皆是，睡在车站、马路上，没有人把这当回事。

但这次不一样。在罗马召开了七国首脑会议，日本财政大臣在会后的记者招待会上，因醉酒竟连眼睛都睁不开，回答问题时更是语无伦次。各国记者对此大肆报道。

东道主在总结中更是幽默地说:"日本财务大臣,从来也没有像这次这么引人注目过,由于他的到来,使我们这次七国首脑会议变得非常有趣。"

这次醉酒,超过了日本人的容忍底线,坚决要求财务大臣下台。无奈,他只得向首相递交了辞呈,"醉"下了台。当然,老百姓还是陶醉在喝酒的幸福之中,照喝不误。

 2月19日

138. 去中学做讲座

我刚坐上村上老师的汽车，校长正巧从教学楼出来，大声问道："你们上哪里去？"

"约会。"

"啊？约会？"

"是的，去初山约会。"

这下，他一下子反应过来了："哦，今天你要到初山中学去做讲座。"

我第一次去初山。位于初山的初山中学按学生人数来说，是所规模很小的中学。汽车在蜿蜒的山路上开了十几分钟，路上还经过一个水库，真有点像假日开车兜风的感觉。到校时，校长和教务长已经站在门口等候。在校长室稍加休息，校长便带我去了讲座的教室。全校师生都到了，不到50名，学生整齐地坐在中央，教师分坐在周围，讲座需要的电脑、放映机和屏幕都准备就绪。

我讲了相互理解的重要性，给他们看了介绍北京小学的录像和我去观看奥林匹克运动会时拍的照片，谈了自己的感受，问了他们心目中的中国，当然也没忘了替壹岐高中和上海外国语大学做广告。

东瀛 700 天

小岛日记

学生们兴致高昂,争相回答我的提问,很会互动。然后我让他们提问,学生一个接一个地问道:

中国一共有多少汉字?您对日本的印象如何?中国的物价和日本相比呢?中国人也知道鲁迅先生吧?中国的长城为什么分男女走道?中国菜和日本菜哪个好吃?您能教我们几句中国话吗?中国的"我爱你"怎么说?

本来一个半小时的讲座已经延长 15 分钟了,校长觉得不好意思,终止提问。

学生代表上前致谢,说:"听了今天的讲座,我觉得中国离我们更近了。"

哦,有那种感觉真好!

最后,我拿出一套上海风景画的明信片,对他们说:"这是一套我从中国带来的明信片,我想给每位同学一张,可是只有 20 张,我放在讲台上,今天提问的同学会后可以优先来选一张。"话音刚落马上又举起了好多手:"我提问!我提问!"

哈哈,可爱的中学生。我用中文说:"再见!"

他们也用刚学的中文对我说:"再见,谢谢!"

愉快充实的感觉让我哼着歌儿离开了校园。

 2月20日

139. 头疼的不登校学生

平时学生有事找老师的话,要站在办公室门口自报家门,"几年级几班的某某,找某某老师有事",然后进办公室。但是,考试期间,学生是不允许进办公室的,自报家门后在门口等老师出来。

今天有人来找我,我一看是那个白天睡觉、晚上玩游戏的不登校学生。期中考试时他来校了,我曾苦口婆心地劝说了他好长时间,给他讲道理,希望他来学校,他答应了,却没有行动。

日本教育方针很有意思,学校对学生的衣着、礼仪、品德要求极严,对逃学学生又非常宽容,唯恐他们的心灵受伤。

日本记录在册的逃学中小学生有13万人,小岛也有28人,理由各不相同。作为一个社会问题,校方会想方设法让他们毕业。但是这次校方开会研究了几次,好像要让他留级了。

学校里无论搞什么活动,只要和学习无关的,他都积极参加。同学来我家会餐,他也来了,我抓住机会劝他,他也都会点头答应,但结果都是令我失望的。马上期末考试了,他又不来上课,会有什么问题呢?

他低着头,笑嘻嘻想问我的,不是书本上的问题,而是:

"下星期要考试了,问老师有什么办法能够让我及格?"

我觉得这个问题太可笑了,不来上课天天打游戏,有什么办法能及格?那要学校老师干什么呢?真是对教育的亵渎。可我对他已不存在生气不生气了,问他:"两天的时间,想奋发吗?我帮你复习两天。"

他摇头。我也笑嘻嘻地告诉他:"来上课学习了才能及格,不学习也能及格的方法只有一个,做一个中文试题库的软件,装在你大脑里。遗憾的是科技还没发展到这一步。"

于是他又笑嘻嘻地走了。别人说我心态好,我看他比我还要好,看着他我都想哭。也许他的内心也在流泪,今天来找我,至少说明他也不想留级吧。

2月25日

140. 扶轮社做讲座

　　扶轮社是遵循国际"扶轮"的规章所成立的地区性社会团体。日本全国有2 300多个扶轮社，每位成员来自不同的职业，以增进职业交流及提供社会服务为宗旨。所以，成员都是行业的代表人物，来者可谓都是小岛上各行业的头面人物，包括壹岐市前任市长，其现在是水产业的领导。

　　通常每周举行一次例会。在例会上，通常有扶轮社的活动报告和联络传达事项等。后半部分的"台话"及有学识者的30分钟讲演是扶轮社最大的特色。去年请我去讲了一次，今年又来请我了，也算是对我的尊重。

　　虽说在座的都是头面人物，但对外部的了解多数局限于媒体的报道。我当然还是从一个外国人眼中的日本文化开始，强调如何欣赏异国文化和跨文化交流的重要性。也许是第二次讲的关系，有了点经验，我留了一点提问的时间，这样有了互动，整体感觉不错。讲演结束后，他们送我一套精美的咖啡杯表示感谢，会后又有好几位成员和我交换了名片。

　　扶轮社是"以人道的服务，为所有的职业，倡导高度的道德水平，以对世界的亲善和和平做贡献为目标的实业人员和专业人员，组成的世界性团体"，并被定义为"把奉献的理想与每个人的个人生活、职业生活和社会实践作为基础"。

实现这样的目标好像很难,但是实际情况确实加深了会员之间的和睦以及会员的自我启发,使他们以用自己的职业生涯服务全世界为目标。

扶轮社高大上的宗旨,让我好像也感到自己的境界得到了大大的提升。

3月4日

141. 日本的"万引"

在日本经常能听到"万引"一词，何谓"万引"，即小偷也。中国把盗窃者都称为小偷，日本却分得很细，把进别人家的盗窃者称为"小偷"，而把进商店超市盗窃商品的称"万引"，直译为"顺手牵羊"，好像罪孽比小偷要轻一点似的。

我一直为日本有宽松的购物环境和被人信任的感觉而感动，但最近的报道又让我对此产生了怀疑。长崎县内一年"万引"的发生率在10万件以上，全国每年被"万引"的金额是3 000亿日元。

日本高中生的"万引"也很多。女学生去偷化妆品，男学生去偷体育用品，大多是自己想要而父母又不会给买的用品。我在商店里就亲眼看见一个男孩子拿着商品后扬长而去。

据说最近由于经济不景气，"万引"的数量与日俱增，年龄层也在不断扩大，其中很多是65岁以上的老年人。虽然到处有防盗摄像头，但日本一年被抓的"万引"就有3万多人。

人不是生来就是小偷，一念之差，意志薄弱一点，经不起这么宽松环境的考验，很容易就成了"万引"。

今天抓了3个法国来的年仅16岁的小"万引"。他们在电器店里偷小电器，被抓后竟说："因为听说日本购物环境特别宽松,很容易就能偷得手,所以来偷了。"

这是什么逻辑啊?但又说明了另一个问题,如果也像中国一样,超市有固定的出口处,商品不付款就无法拿出商店,商店再看管严一点,也许"万引"就能减少许多。

比如一个人曾有过偷盗行为,那么以后不给他创造偷盗的机会,其实也是对这种人的一种关爱吧。

 3月10日

142. 办公室的笑声

平日里大办公室是很安静的,这两天时而被一声尖叫或师生忘情的拥抱、笑声所打破。原来是毕业生考取了自己理想的大学。

今天办公室又是一阵骚动,我已习惯了,没有被吓着,但还是被师生相拥转圈蹦跳的样子吸引了眼球。他们的兴奋感染

了我,我也跟着傻笑——今天有两名学生被京都大学录取了!

日本的东京大学、京都大学相当于中国的清华大学和北京大学。想象中国一个小岛上的学生考上清华、北大的情景,能不激动吗?

据说每年都有学生考上东大、京大的。老师没有休息时间,忘我地给学生解惑,这是师生为同一目标共同努力的结果啊。难怪大学生放假了要回母校看望高中的任课老师。

也可见日本大城市和小岛的教育水平差异不大。从中也充分体现了老师们的敬业精神。

敬业投入工作,宁静品味生活,欣赏不同文化,收获真诚快乐!

能把从事的工作当作自己的事业来做的人,是幸福的。

 3月17日

143. 乘飞机去领感谢状

前几天，校长对我说要和我一起去长崎领感谢状时，我还稀里糊涂的，没往心里去，一笑了之，而今天真的成行了。办公室为校长和我预订了机票，校长一早开车来接我直接去机场，并陪我一起去长崎县教育委员会，原因是县里要给我颁发奖状。

颁奖过程和我两年前领聘书差不多：一群记者前呼后拥，闪光灯闪烁，频频照相，讲几句定制的套话，然后鞠躬领奖。

奖状上写着，鉴于我在这两年中在中文教学上的杰出贡献，特别是为中日两国的友好交流做了大量的工作，特发此状以表谢意。

记得去年小侄子的论文获得国际奖那天，他愉快地对我说："姑姑，快看我们学校网页头版，我的论文得了国际奖啦！我要乘飞机去华盛顿参加颁奖典礼呢。"

乘坐飞机去领奖？真行！

想想自己今天竟然也是乘坐飞机来领奖。当然奖项的分量不可同日而语，但乘飞机领奖状，却是千真万确的一回事。至少这也是对我这两年来工作的肯定吧。心里满是高兴。人，

东瀛 700 天

不能永葆青春，但确实能在心灵的某处永葆着童心。
　　明天，我自己得做点好吃的庆祝一番。

感謝状

呉　雲珠　様

あなたは中国語講師として
２年間長崎県立壱岐高等
学校に勤務し中国語教育
の充実に貢献されるとと
もに貴国と我が国の親善
に尽くされました
よってここに深く感謝の
意を表します

平成２１年３月１７日
長崎県教育委員会教育長
　　　　寺田　隆

3月27日

144. 毕业相册

人将别离说尽好话。最近晚上忙着参加各种欢送会,有年级的、学校的,也有校长个人的,还有学生家长的、学生房东的、中文讲座学生的、县教育委员会的,当然也有朋友的、闺蜜的。相逢未必偶然,浓浓的情意,让我每天享受在难舍难分的氛围中并反省平日里应该做得更好。

而在这浓浓的情谊中,最令我高兴的是校方的欢送会,不是校方的欢送会吃得好、场所气派,而是校方送我的礼物是一本漂亮的毕业纪念册。那是每个毕业生都能收到的纪念册。当然纪念册上有在校的每一位教师和毕业生的照片,还有学生在校的各项活动的记录,日日夜夜、桩桩件件,足以令人回味无穷,拥有永恒的魅力。

有毕业生的留言也有教师的赠言,那是人生的经历,青春的例证,一生的回忆。看到学生拿到相册时的兴奋情景,我好生羡慕。今日心想事成,如获至宝。

相册封面的照片,是全体教师自然地站在学校的中庭花园里,全都仰望着上面摆着各种姿势,照片是从三楼往下拍的。相册里面是每个毕业班的集体照和个人照,还有每个课外

东瀛 700 天

俱乐部的活动照片。

我要把这本相册带回去,带回学校、带回学院,让我们学校的毕业生,以后也做一本这么漂亮的毕业纪念册。

 3月30日

145. 结业式上的告别辞

今天是学校本学年的最后一天，一年一度的结业式，又有10多名教职员工将离开这里，奔赴新的工作岗位，其中也包括我。

也许是学校出于对一个外国人的尊重，让我第一个上台讲话："最近，我听了秋元顺子的歌——《世上有缘相遇是个奇迹》。托奇迹的福，我来到了壹岐岛。时间就像指缝间的细沙悄然流逝。刚到日本时，滨砂老师在福冈机场接我的场景，师生高唱校歌的余音还在心中碰撞，码头欢迎我的情景还历历在目。两年的小岛生活，不觉间已然走到尽头。

"壹岐自然风光的美丽，壹岐高中老师们的敬业精神，壹岐高中学生充满朝气的问候，壹岐市民的友好及壹岐新鲜的美食，所有这一切的陪伴，让我度过了充实、愉快的两年。在此表示衷心的感谢！

"两年中，我们两个国家也经历了各种事件。日本的首相已经换了两位，日本人诺贝尔奖得主也有3人，其中一名还是长崎县人。中国经历了四川大地震的灾难，也成功举办了奥林匹克运动会。特别去年是中日两国青少年交流年，不仅有日本学生去中国，也有上海的学生来壹岐。更广范围地进行了交流，这是面向未来非常出色的事情。中国和日本都是经济大国，无论是为了金融稳定还是世界和平，都应该和平协作。同一个地球，同一个世界，同一个梦想。

"日本有句俗话——'住めば都'，好不容易熟悉的环境，却又要离开了。我现在的心情，就像长崎的什锦面，不知是喜还是悲。什锦面因为加了各种食材，才变得美味。我的心中也因添加了两年的日本文化，而变得充实。感谢你们给了我这么珍贵的机会，这将成为我终生的回忆。

"壹岐高中的同学们，你们和我一样，也将走出壹岐高中。希望那时的你们能像搏击长空的雄鹰，拥有远大的理想，飞得更高，看得更远，拥有更宽阔的胸怀。我在上海期待着。

"两年的时间，谢谢了！"

我回到了办公室，关上了陪伴我两年的电脑，站起身环顾一下熟悉的大办公室。在小岛度过的两年时光，如走马灯在脑海上演，思绪飞上了蓝天。

 3月31日

146. 再见了，壹岐

　　两年的小岛生活不知不觉已走到了尽头。境由心生，春花盛开的季节，已感受不到樱花的美丽，犹如绵绵细雨的凄楚秋日。来小岛时，师生高唱校歌在码头欢迎我的情景还历历在目，今天却要离开小岛了。

　　办公室的老师和滨砂老师帮我搬走了行李箱。煤气公司的职员来问我是否关掉屋外的煤气总阀。我想了一下，煤气扣款存折上还有余额，就说："别关了。"就算我送给后来居住者的礼物吧。

　　上阳台给我的花浇了点水。扫视了一下整洁的房间，轻轻关上了房门，离别的惆怅一时涌上了心头，胜过归途的期望。

　　欢送队伍，除了以校长为首的师生外，还有学生家长、小商店的老板娘。川村的母亲带着小妹妹也来了，《西日本新闻》的记者也来了。学校的交响乐队演奏着轻柔优美的乐曲，瞬间触动了我来时的心弦。

　　欢送仪式在船码头的平台上举行。全体成员围成了一个半圆。欢送式由小宫老师主持，照例是校长讲话、献花合影。到了上船时分，大家拥抱告别，感觉心里满满的；一直满到喉咙。

上到甲板，船舷边有一箱子彩带。小林老师让我拿着每一根彩带的一头儿，然后放下去，另一头儿马上连上了一张张熟悉的脸庞。我手拿一大把，听着下面大声的祝愿，学生举起了"谢谢吴老师"的牌子，是梦是幻？一声汽笛长鸣，船慢慢地离岸了，手拉彩带的人也跟着船跑，船开远了，他们还在远处挥手，电影里的场景，重现在我的眼前。彩带那一头儿已飘舞在海面上，可我还紧紧地抓着那一大把不放，生怕放开了小岛人的情谊。

大海的宽阔造就了美丽的小岛，而小岛的旖旎风光孕育了小岛人丰满的情感。来小岛是我的缘分，小岛人饱含人情味的文化令我陶醉。

任何一种文化都值得去探求和了解，两年的小岛生活给了我丰富的营养和深刻的启迪。小岛生活的日日夜夜、桩桩件件将是我一生的回忆。

再见了，壹岐。